Renate

Theodor Storm

In einiger Entfernung von meiner Vaterstadt, doch so, daß es für Lustfahrten dahin nicht zu weit ist, liegt das Dorf Schwabstedt, welcher Name nach einigen Chronisten soviel heißen soll: Suavestätte, d.i. lieblicher Ort. Hoch oberhalb des weiten wiesenreichen Treenetales, durch welches sich der Fluß in schönen Krümmungen windet, ist der alte Kirchspielskrug, dessen Wirt bis zu der neuesten, alle Traditionen aufhebenden Zeit immer Peter Behrens hieß und wo »Mutter Behrens«, je nach den Geschlechtern eine andere, aber immer eine saubere, sei es junge oder alte Frau, als eine wahre Mutter für die Leibesnotdurft ihrer Gäste sorgte. Die lange Lindenlaube mit dem »schlohweiß« gedeckten Kaffeetisch darunter, die steile granitne Treppe, die unter den alten Silberpappeln zum Fluß hinabführte, die Kahnfahrten zwischen den schwimmenden Teichrosen, diese Dinge werden bei vielen älteren Leuten ein hübsches Abseits ihres Jugendparadieses bilden.

Und Schwabstedt bot noch anderes für die jugendliche Phantasie; denn Sage und halb erloschene Geschichte flechten ihren dunkeln Efeu um diesen Ort. Freilich, wenn man sichtbare Spuren aufsuchen wollte, so mußte man genügsam sein: wo einst osten dem Dorfe ein Hafen der gefürchteten Vitalienbrüder gewesen sein sollte, sah man jetzt nur aus dem Flußtal eine Schlucht ins Land hinein; von dem festen Hause der schleswigschen Bischöfe, welches sich einst oberhalb des Flusses hart am Dorf erhob, war nichts mehr übrig als die Vertiefungen der Burggräben und karge Mauerreste, die hie und da aus dem Rasen hervorsahen; wenn man nicht etwa die Zähne von Wildschweinen hinzurechnen will, deren wir Knaben einmal eine Menge unter der Grasnarbe hervorwühlten, so daß wir das Zeugnis des großen Wild- und Waldreichtums, der einst hier geherrscht haben sollte, leibhaftig in den Händen hielten.

Aber mehr noch als durch diese Örtlichkeiten wurde meine Neugier durch ein sichtlich dem Verfalle preisgegebenes Gehöft erregt, das seitwärts von der Bischofshöhe lag, fast versteckt unter uralten hohen Eichbäumen. Das Haus, das schon durch seine zwei Stockwerke sich von den übrigen Bauernhäusern unterschied, gewann allmählich eine geheimnisvolle Anziehungskraft für mich, aber die Blödigkeit der Jugend hinderte mich, näher heranzugehen. Ich mochte schon ein hoch aufgeschossener Junge sein, als ich dieses Wagstück ausführte; ich entsinne mich dessen noch mit allen Umständen.

Während ich zögernd auf der einsamen Hofstätte umherging und bald auf die blinden Fenster des Hauses blickte, bald hinauf in das Gezweig der alten Bäume, wo ein paar Elstern aus ihrem Neste schrien, kam ein altes Weib um die Ecke, die von dem herabgefallenen Astholz in ihre Schürze sammelte. Als ich ihr unter den groben Strohhut guckte, erkannte ich das braune scharfe Gesicht der allbekannten »Mutter Pottsacksch«, welche je nach der Jahreszeit mit Maililien und Waldmeisterkränzen oder Nüssen und Moosbeeren in der Stadt hausieren ging.

»Mutter Pottsacksch!« rief ich, »wohnt Sie hier in dem großen Hause?«

»Je, junge Herr«, erwiderte in ihrem Platt die Alte; »ick hol de Kram hier man wat uprecht!«

Und auf weitere Fragen erfuhr ich, daß einst ein großes Bauerngut bei diesem Hause gewesen, daß aber schon vor hundert Jahren das Land davongekommen sei und in nächster

Zeit auch der Hof denn so werde das Haus noch jetzt genannt auf Abbruch verkauft und die Bäume niedergeschlagen werden sollten.

Mich dauerten die armen Elstern, die droben so mühsam sich ihr Nest gebaut hatten; dann aber fragte ich: »Und vor hundert Jahren, wer hat denn damals hier gewohnt?«

»Dotomal?« rief die Alte und stemmte die freie Hand in ihre Seite. »Dotomal hätt de Hex hier wahnt!«

»De Hex?« wiederholte ich. »Hat's denn Hexen hier bei Euch gegeben?«

Die Alte winkte mit der Hand. »Oha! Lat de Herr dat man betämen!« Womit sie sagen wollte, ich solle das nur sachte angehen lassen, es sei damit auch heut noch nicht geheuer.

Als ich frug, ob jene Hexe denn verbrannt sei, schüttelte sie heftig ihren alten Kopf. »Oha, Oha!« rief sie wieder und gab dann zu verstehen, der Amtmann und der Landvogt hätten nur nicht heran wollen; denn na, ich verstünde wohl –; und nun machte sie unter bedeutsamem Kopfnicken die Gebärde des Geldzählens. Die Zerstückelung des Gutes sei nämlich erst nach dem Tode der Hexe vor sich gegangen, sie selber habe noch ihre Wirtschaft streng betrieben und sei eine gewaltige Bäuerin gewesen.

Was diese Hexe denn aber eigentlich gehext habe, davon schien Mutter Pottsacksch nichts zu wissen. »Düwelswark, Herr!« sagte sie. »Wat so 'n Slag bedrivt!« Soviel jedoch sei sicher: Sonntags, wenn andre Christenmenschen in der Kirche gesessen hätten, um Gottes Wort zu hören, dann habe sie sich auf ein Pferd gesetzt und sei nach Norden zu in Heide und Moor hinausgeritten; was sie dort betrieben habe, davon sei wohl übel Nachricht einzuholen. Plötzlich aber habe dieses aufgehört, und seitdem habe sie sonntags ihr großes düsteres Zimmer nicht mehr verlassen; noch Mutter Pottsackschs Urgroßmutter habe das blasse Gesicht mit den großen brennenden Augen hinter den kleinen Fensterscheiben sitzen sehen.

Mehr vermochte ich von der Alten nicht herauszubringen.

»Und war das Pferd, worauf sie ritt, denn schwarz?« fragte ich endlich, um mein schnell geschaffenes Phantasiebild doch in etwas zu vervollständigen.

»Swart?« schrie Mutter Pottsacksch, wie entrüstet über eine so überflüssige Frage. »Gnidderswart! Dat mag de Herr wull löwen (glauben)!«

Noch lange mußte ich an die Schwabstedter Hexe denken; auch tat ich nach verschiedenen Seiten hin noch manche Fragen nach ihrem näheren Geschick; allein was Mutter Pottsacksch nicht erzählt hatte, das konnten auch andere nicht erzählen. Mir ahnte freilich nicht, daß ich die Antwort in nächster Nähe, daß ich sie auf dem Boden meines elterlichen Hauses hätte suchen sollen.

Viele Jahre nachher, da ich diese Dinge längst vergessen hatte, saß ich vor einer dort beiseite gestellten Schatulle aus meines Großvaters Hausrat und kramte in ihren Schubfächern nach dessen Bräutigamsbriefen an meine Großmutter. Bei dieser Gelegenheit fiel mir ein Heft in augenscheinlich noch viel älterer Schrift in die Hände, welches ich, nachdem später noch ein demnächst zu erwähnender Fund hinzugekommen, nunmehr in Nachstehendem mitteile.

An der Schreib- und Vortragsweise habe ich soviel geändert, als zur lebendigeren Darstellung des Inhalts nötig erschien; an einzelnen Stellen für manche Leser vielleicht kaum genug; an dem Inhalte selbst ist nicht von mir gerührt worden.

Und somit möge der Schreiber jenes alten Aufsatzes selbst das Wort nehmen.

*

1700. Um diese Zeit war mein lieber nun in Gott ruhender Vater Capellan oder Diaconus im Dorfe Schwesen, allwo er seine dürftige Einkünfte, als mehrentheils an Butter, Korn und Fleisch, von Haus zu Hause einsammeln und überdieß zu seinem Predigtdienst auch noch die Schule halten mußte. Da aber meine lieben Eltern sich alles an ihrem Munde absparten und anderseits wohlgesinnte Leute mir mittags einen Platz an ihrem Tische gönneten, so kam ich auf die Lateinische Schule zu Husum, welcher derzeit der treffliche Nicolaus Rudlof als Rector vorstund, und hatte bei einer frommen Schneiderswitwen mein Quartier. War auch mit Gottes Hülfe schon in die Secunda aufgerücket, als mir eine Leibesgefahr widerfuhr, welche gar leicht allen Studien eine plötzliche Endschaft hätte bereiten können.

So war es am Nachmittage letzten Sonntages Octobris, daß ich nach der gewöhnten Sonnabendseinkehr unter mein elterlich Dach von unserem Dorfe wieder nach der Stadt zurückwanderte! Ich hatte mich jedoch zuvor schon müd gelaufen; denn da die Gemeinde einen Schweinehirten, wie mein Vater selig zu sagen pflegte, einen Gergesener, in den letzten Jahren nicht mehr dulden wollen, so waren unsere Ferkel von dem grünen Weideplane äußerst des Dorfes ausgerissen, also daß wir an diesem letzten heißen Tage des Jahres eine gar tolle Jagd hatten anstellen müssen. Schritt aber des unerachtet auch itzt, da es über solchem Beginnen spät geworden und schon die sinkende Sonne einen rothen Dunst über die Heide warf, mit eilenden Schritten fürbaß; streifete nämlich nach dem erst jüngst verglichenen Kriege mit dem Könige von Dännemark allerlei loses Volk umher und verübte Raub und Einbruch; auch sollten drüben nach dem Holze zu, wo die alten Weiber die Moosbeeren holen, in voriger Nacht die Irrwisch gar arg getanzet haben, dessen Anblick in alle Wege besser zu umgehen.

Da ich endlich in die Stadt und nach dem Markt hinunterkam, stunden schon die Giebel der Häuser dunkel gegen den Abendhimmel, und war ob des Sonntages eine große Stille auf der Gassen; nur aus der alten Kirche hinter den Lindenbäumen tönete ein sanftes Orgelspiel.

Ich wußte wohl, es sei der Organiste Georg Bruhn, des noch berühmteren Nicolaus Bruhn Bruder und successor, der es liebte, in den Schummerstunden nur für sich und seinen Gott seine meisterliche Kunst zu üben; und da ich inne ward, daß die Kirchthür unter den sogenannten Mutterlinden offen stund, so ging ich hinein und setzete mich in der Nordseite still in eines der alten Mönchsgestühlte. Es war aber, wenn gleich die Bäume draußen schon die meisten Blätter abgeworfen hatten, hier innen eine Dämmerung, daß ich die Bilder und Figuren an den Epitaphien, so diese gewaltige Kirche zieren, nur kaum erkennen mochte. Gleichwohl spielte da droben der unvergleichliche Meister noch immerzu; und wie ich so in meiner Ecken saß, ganz allein hier unten, und von dem Dunkel immer mehr umhüllet ward, in das hinein die lieblichen Tongänge der Flöten und Oboen gleich sanften Lichtern spielten, da war mir, als wenn die beiden Engel drüben von dem Crucifix des Altarbildes zu mir herabflögen und mich mit ihren güldenen Flügeln deckten. Wie lange ich in solcher Huth geruhet, ist mir unbewußt; schreckte aber itzt davon empor, daß der Schlag der Thurmuhr dröhnend in den weiten Raum hinunterhallte. Durch die nahezu kahlen Bäume schien der Mond in die hohen Fenster; insonders war das mächtige Reiterstandbild des St. Jürgen mit dem Drachen, so eigentlich dem Gasthaus angehörte, zur Zeit aber hier neben dem Altar aufgestellet war, in einer so hellen Beleuchtung, daß ich das grimme Antlitz des Ritters und unter den Hufen des bäumenden Hengstes gleicherweise den aufgesperrten Schlund des Drachen von meinem Sitze aus gar wohl erkennen mochte.

Aber das Tonspiel droben von der Orgel hatte aufgehört, und drüben an dem Altarbilde schwebten wieder die Engel zur Seiten des Gekreuzigten. Es war eine große Stille um mich her; nur da ich, um hinauszugehen, die Thür des Gestühltes öffnete, scholl es von meinen Tritten weithin durch das Schiff der Kirchen. Eilends rannte ich, erst an die Norder-, dann an die Thurm-, dann an die Süderthür, fand aber alle fest geschlossen, und alles Klopfen, so ich mit meinen Fäusten itzt vollführete, schien an keines Menschen Ohr zu reichen. Da ich mich dann rathlos umwandte, fielen meine Blicke auf das große Epitaphium, das sich gegenüber an dem Pfeiler zeigt, bei dessen Fuße der alte Bürgermeister Ägidius Herfort begraben lieget. Man hatte aber an selbigem vorgestellet, daß der Tod, als ein natürliches Gerippe ganz aus Holz geschnitzt, gleich einer ungeheueren Spinnen an dem Conterfey des seligen Mannes heraufkriechet. Solches wollte mir anitzt nicht eben wohl gefallen; denn durch die Schatten der vor den Fenstern wankenden Gezweige, so mit den Mondlichtern ihr Spiel darüber trieben, wollte mich fast bedünken, als ob das grimmig Unwesen mit dem Kopfe rucke und die spitzen Knochenfinger an des Seligen Gesicht hinaufstrecke. Da fuhr es mir gar noch durch den Sinn, selbiges könne auch wohl einmal abwärts an dem Pfeiler hinunterklettern oder sich gar umwenden und auf das nächste Gestühlte zuspringen. Wußte zwar, es sei das nur ein thörichtes Phantasma, drückte mich aber doch längs dem Steige nach dem großen Reiterbilde des Heiligen, fast unwillens wähnend, daß ich bei selbigem Schutz und Hülfe finden müsse. Freilich fiel mir bei, daß dieß papistische Gedanken und das hölzern Standbild nur gleichsam als ein Symbolum zu betrachten sei, legte aber doch meine Hand um den gespornten Fuß des Ritters. Da vernahm ich, wie drüben in der Vorderthür der große Schlüssel rasselte, und wollte schon dem Ausgange zustürzen, als ich die schwere Thür sich aufthun, aber in selbigem Augenblick sich wieder schließen sahe. Darauf vermochte ich hier innen weder etwas zu sehen noch eines Menschen Tritte zu vernehmen. Däuchte mir aber gleichwohl, daß etwas mit mir in der Kirchen sei, und itzo, da ich mit beklommenem Odem lauschte, hörte ich es deutlich schnaufen und drunten durch den Quergang trotten. Zitternd setzte ich meinen Fuß auf den des Reiterbildes, um solcher Weise mich auf das hölzern Roß hinaufzuschwingen. Es mochte dabei einiges Geräusch erfolget sein; denn mit selbigem erscholl ein furchtbar dröhnend Geheul, und in weiten Sprüngen sahe ich einen schwarzen gar gewaltigen Hund gegen mich daherrennen. Aber schon stund ich oben auf dem Bug des Pferdes; die eine Hand hatte ich um des Ritters Hals geleget, mit der andern nach des barmherzigen Gottes Eingebung dessen Lanze herausgerissen, so nur lose durch den Handschuh steckte.

Da gab es einen Kampf zwischen einem vierzehnjährigen Buben und einer gar grimmigen und starken bestia. Mit funkelnden Augen sprang das Unthier an mir auf, mit seinen Tatzen riß es an meinem Schuhzeug, und ich sahe in den offenen Rachen mit der rothen dampfenden Zunge; nur einer Spannen Weite brauchte es, so hatten die weißen Zähne, so gegen mich gefletschet waren, mich gefaßt und auf den Grund gerissen. Aber ich wehrte mich meines Leibes und stach dem Unthier mit meiner Lanzen in sein zottig Fell, daß es mehrmals heulend auf die Seite flog.

Mir ist nicht bewußt, daß ich in solcher Noth der Menschen Hülfe angerufen, nur ein stumm und heiß Gebet zu Gott und seinen Engeln stieg aus meiner Brust; auch meiner lieben Eltern gedachte ich, wenn sie mich hier an Gottes Altar so elendiglich zerrissen finden sollten. Denn da das Thier unter heiserem Geschnaufe allzeit aufs neue gegen mich sprang, so sahe ich wohl, daß ich aufs letzt ihm doch zur Beute werden mußte. Schon begunnten die Sinne mir zu schwinden, und war mir, als sei es nun nicht mehr der Hund, sondern der Tod selber sei von dem Epitaphio herabgeklommen und von einem der Gestühlte auf mich zu gesprungen. Schon packten die knöchern Hände meine Lanze, da vernahm ich drunten in der Kirchen ein Rufen und Getöse, und wurde mir allzugleich, als flöge oben von dem Crucifix der eine Engel wiederum zu mir herab und risse mit seinen Armen den grimmen Tod von meinem jungen Leibe.

»Türk, Türk, du Mordshund!« hörte ich eine kleine tapfere Stimme unter mir, und als ich schwindelnd niederblickte, sah ich hart an dem rauhen Kopf des Unthiers ein gar lieblich Angesicht, das mit zwei dunkeln Augen angstvoll zu mir emporstarrete. Wohl strebte das Unthier noch mit Gewinsel zu mir auf; aber zwei braune Ärmchen hatten sich um seinen Hals geklammert und ließen es nicht los; auch leckte des Thieres Zunge ein paarmal wie liebkosend nach dem schönen Antlitz hin. Das alles gewahrte ich gleichsam mit einem Blick, da der Mond noch hell durch die Kirchenfenster leuchtete. Noch hörte ich eine Männerstimme rufen: »Ein Kind, ein Knabe, des Pastors Sohn aus Schwesen!«, dann vergingen mir die Sinne, und ich stürzte von dem hölzern Roß herab.

Da ich meiner wieder mächtig worden, fand ich mich in meinem Logement in meiner Bettstatt liegend und sahe meine alte Schneiderswitwen neben mir auf dem Stuhle, ihr grünes Fläschchen mit den Herztropfen auf dem Schoße. Ich that aber gleichwohl, als ob ich noch in Ohnmacht läge; denn das Gesichtlein neben dem Kopf des grimmen Thieres stand mir gar lieblich vor, sobald ich nur die Augen schloß; erwog auch bei mir selber, wenn es ein Engel möge gewesen sein, so hab es doch das Haar unter ein goldglitzernd Käpplein zurückgestrichen gehabt, wie es am Sonntag hierherum die Dirnen auf den Dörfern tragen; ja, überkam mich fast die Lust, noch einmal auf St. Jürgens Gaul hinaufzuklettern. Erst als das gute Mütterchen mit der qualmenden Lampe mir unter die Nase fuhr, richtete ich mich auf in meinen Kissen. Da rief sie einmal über das andere ein großes Lobe-Gott; dann zapfte sie mir aus ihrer grünen Flaschen und sagte: »Es ist gut, Josias, daß du heut morgen bei deinem Vater Gottes Wort gehört; denn unter dem Thurm bei dem alten Taufstein soll unterweilen itzt der Teufel sitzen und bös Ding sein, mit weltlichen Gedanken ihm vorbeizukommen.«

Ich aber frug gar ängstlich, ob sie mich denn dort hinausgetragen.

»Freilich, Josias«, entgegnete sie; »'s war ja der Küster; wer im Beruf gehet, der braucht sich nicht zu fürchten.«

Da freuete ich mich, daß ich meiner Sinne ganz unmächtig gewesen; denn ob meine Engelgedanken, die ich aus der Kirchen mitgenommen, geistlich oder aber weltlich seien, das wollte mir allganz nicht deutlich werden. Im übrigen fiel mir bei, daß der grausame Quadrupede, mit welchem ich gekämpfet, des Küsters Albert Carstens seiner müsse gewesen sein; er hatte, wie ich wußte, einem dänischen Capitän gehört, der bei letzterem in Quartier gelegen, bei der Berennung der Finkenhausschanze aber sein Leben hatte lassen müssen. Und erzählete mir auch das gute Mütterlein, daß der vielen Einbrüch wegen sie den Hund zur Wache hätten in die Kirchen eingelassen. Woher aber der Engel kommen, der mich vor ihm bewahret, das wurde mir nicht kund; mochte auch späterhin, aus weß Ursach war mir selber nicht bewußt, bei andern Leuten mich nicht darum befragen. Und ist mir in meiner noch übrigen Schulzeit, so viel ich an den Markttagen danach spähete, das lieblich Antlitz mit dem glitzernden Käpplein niemalen mehr begegnet.

Anno Dom. 1705. Es gab zwar zu Zeiten des Administratoris, Hochfürstlichen Durchlaucht Christian August, mit denen geistlichen Ämtern sonderbaren Umgang; hatte doch der gewaltige Rath von Goertz das Pastorat zu Böel in Angeln auf der Hamburger Börsen an den Meistbietenden verkaufen lassen; an einen Schlemmer und Spielbruder, dem man, da es hernach mit ihm zum Sterben ging, die Karten vorgehalten, ob er daran die Farben noch erkennen möge. Gleichwohl glückete es meinem lieben Vater, daß er aus seinem elendigen Diaconate zu Schwesen in das einträglichere Pastorat zu Schwabstätte gelangte und darin bestätiget wurde. Da ich bereits auf der Universität zu Kiel inscribiret war, so machten mich die von meinen lieben Eltern nun viel reichlicher fließende Subsidien für eine Weile gar übermüthig; denn ich stolzirte in hohen Stiefeln und einem rothen Rockelor mit einem Degen an der Seiten; ja, hatte gar einmal einen Ehrenhandel mit einem aus dem Adel, maßen selbiger meines Hauswirths ehrbare Tochter, so mich aber sonsten nichts anging, vor eine Studentenmetze proclamiret hatte. Im übrigen blieb ich nicht dahinter, weder in theologicis noch in philosophicis; hielt mich in ersteren aber meist zu denen älteren professoribus, denn insonders unter den magistris legentibus waren derer, so entgegen der Lehre Pauli und unseres Dr. Martini die Macht des Teufels zu verkleinern und sein Reich bei den Kindern dieser Welt aufzuheben trachteten. Solches aber war nicht in meinem und meines lieben Vaters Sinne.

Weil nun aber nach dem alten Spruche die Repetition die Mutter der Studien ist, so wurde nach absolvirtem biennio unter uns beschlossen, daß ich zu solchem Zwecke den Sommer des obbezeichneten Jahres im elterlichen Hause verleben, sodann aber zu weiterer

Erudition für eine Zeitlang noch die berühmte Universität zu Halle beziehen solle. Langte also eines Nachmittages mit guter Gelegenheit in Husum an und bediente mich für die noch übrige zwo Meilen der Beförderung der heiligen Apostel.

Ich war freilich bislang in Schwabstätte noch nicht gewesen und des Weges unbekannt; es führete selbiger aber zuerst durch die Marsch, wo er auf dem Lagedeiche geradehin läuft; und wo es aufwärts dann in Sand und Heide ging, zeigte sich wohl hie und da eine Kathe, so daß ich mich leichtlich weiter fragen mochte. Plötzlich, da der Weg sich zu einer Anhöhe hinauf gewunden und schon der Abend seine Schatten warf, sahe ich unter mir das Dorf mit seinen rauchenden Dächern, wie es zwischen Busch und Bäumen längs dem Ufer des lieblichen Treeneflusses hingestrecket lag. Da klopfte mir das Herz, daß ich zu meinen lieben Eltern käme, und warf nur kaum noch einen Blick auf den Thurm des alten Bischofshauses, der im Abendgeleucht wie gülden an der Wasserseite aufragete, sondern schwang meinen Stab und sang gar lustig:

Hier oben von der Höhe

Da kommt der Herr Student!

Herr Vater, o Frau Mutter,

Nun schüttelt mir die Händ!

Mit solchem war ich auch schon unten, und die Dorfshunde fuhren bellend nach meinen Stiefeln, die Weiber, so vor den Thüren stunden, glotzeten nach meinem rothen Rocke und stießen sich mit den Ellenbogen. Da ich aber durch die kleinen Häuser in das Dorf hineinschritt, erblickte ich hinter denselben, nach dem Flusse zu, ein groß und zweistöckig Gebäu, das lag wie in Einsamkeit und nahezu versteckt unter gewaltigen Bäumen; war auch kein lebend Wesen dort zu sehen, weder am Hause noch an der Scheune, so dahinter lag; nur oben aus den Baumkronen erhub sich groß Gevögel und flog dazwischen hin und wider.

Da frug ich einen Alten: »Wer wohnet denn dort unten?«

»Das wisset Ihr nicht?«

»Nein; ich frage Euch eben derohalben.«

»Dort wohnet der Hofbauer«, entgegnete er, strich mit der Hand um seinen Stoppelbart und ging in seine Kathen.

Schritt also mit solchem Bescheide fürbaß; wandte aber, unwillens fast, wiederholentlich den Kopf und sehe rückwärts nach den Fenstern, die dorten so schwarz und heimlich unter den düsteren Bäumen glitzerten. Da, wie ich so eine Weile fast in

Gedanken fortgegangen, hörete ich plötzlich »Josias, Josias!« wie aus der Luft zu mir herabgerufen. Und war es mein lieb Mütterlein, die stund oberhalb des Kirchhofes auf der Höhe, darauf sie das Glockenhaus gebaut, und hatte durch den Abend nach mir ausgesehen. Da war ich flugs an ihrer Seiten und hielt sie an meiner Brust und frug alsbald, wo unsere Heimstätte itzo denn belegen sei; und da sie nur über den Weg hinüber auf ein freundlich Haus und Garten zeigte, hub ich die fein und handlich Frau auf meine Arme und trug sie den Berg hinab.

Und wiederum, aber solches Mal vom Hause her, rief es: »Josias, Josias!« und unter herzlichem Lachen: »Aber gehet man so mit seiner Mutter um?« Das war mein lieber Vater; der war vor die Thür getreten und nahm sich nun die Mutter aus des Sohnes Armen; denn er war von denen, welche wohl wissen, was ein Scherz bedeute, der aus reiner Herzensfreud quillet. Da aber mein Mütterlein nach ihrer lebhaften Art ihn drängte, ihren stattlichen Sohn gleich ihr mit Worten zu bewundern, entgegnete er fürsichtig: »Ja, ja, Mutter; ich sehe, der Bruder studiosus ist gar wohl gerathen; wollen sehen, ob der theologus darum nicht schlechter sei.«

Dann führten die Eltern mich in meine Kammer; die lag anmuthig nach dem Wald hinaus, und hat selbiger mich dorten oftmals nach meinem Nachtgebete sanft in Schlaf gerauschet. Zwar war der Fußboden nur mit Backsteinen ausgelegt; aber mein Mütterlein hatte eine Decken übergebreitet, wie solche von den kleinen Leuten hier aus den Flußbinsen angefertigt werden.

Bald stellete ich meine Bücher und die wohlgebundenen Collegienhefte auf den großen Tisch und saß zu meines lieben Vaters Freude mit großem Eifer über meiner Arbeit. Meine Mutter aber störete mich dann wohl, suchte mich ins Freie hinauszutreiben und sprach: »Was sollten doch die Leute denken, so dir in deiner Mutter Pflege die frischen Wangen einfielen!« Und eines Abends, da es eben neun vom Glockenthurm geschlagen hatte, rief sie gar: »Da sitzest du noch, Josias, und weißt doch, daß des Kirchenältesten Tochter Hochzeit hält! Da will es sich schicken, daß auch des Pastors Sohn mit der Braut ein Tänzchen mache!« Dann hub sie meinen Rock vom Nagel, bürstete ihn säuberlich und steckte mir einen Hochzeitsthaler in die Taschen. Und itzt vernahm ich auch von fern das Fiedeln und Trompetten, und währete es nicht lang, so war ich mitten in der Hochzeit.

Es sind aber nach altsächsischer Art die Häuser hier gebaut, also daß das Vieh, welches, wie dazumal im Sommer, auf den Koppeln oder Fennen weidet, zur Winterszeit zu beiden Seiten der großen Diele seinen Stand hat, die Stuben für den Bauern und seine Leute aber, was sie »Döns« benennen, der Thorfahrt gegenüber zu unterst an der Dielen liegen.

Da ich nun von draußen aus der sommerlichen Abendstille eintrat, war mir erstan, als sähe ich ein seltsam und beweglich Schattenspiel; denn die Unschlittkerzen an den Ständern warfen nur karge rothe Lichter über die Köpfe derer, die hier sich durch einander drängten oder zu Paaren ihren Zweitritt tanzten und mit Juchzen und Gestampf den Musikanten Hülfe gaben. Und da der große Raum mit Gästen fast gefüllt war, so dauerte es eine Weile, ehe ich die Flitterkrone der Braut daraus emportauchen sahe; machte dann meine Reverenz und drehte mich, obschon in dem Gedrang eine eigene Baurenkunst dazu gehörte, ein Dutzend Male mit selbiger hindurch. Hienach aber setzete ich mich zu einem Krämer aus der Stadt, so von der Schulzeit mir bekannt war, oder zu dem und jenen von denen älteren Bauren, die unter den Tonnen der Musikanten oder drinnen in der Döns an ihrem Bierkrug saßen.

Es mochte solcher Weise die Zeit bis Mitternacht verflossen sein, da sahe ich auf dem Tritt zur Oberstuben eine Dirne stehen, abseits von den andern, als zieme ihr nicht, sich in den Haufen zu verlieren; und da ich ihr im Rücken näher trat, gewahrete ich, daß sie zwar in Baurentracht gekleidet, ihr Röcklein aber von schwarzem Seidentaffet und: das Käppchen auf ihrem braunen Haar von rothem Sammet und gar reich mit Gold gesticket war. Mit dem, da itzt die Musikanten auf einen neuen Tanz anhuben, war ein junger Knecht zu ihr herangetreten; der stieß einen Juchzer aus und winkte ihr, daß sie mit ihm in die Reihe träte. Aber sie wandte nur leichthin den Kopf, als sähe sie ihn kaum, und rührte sich nicht von ihrem Platze. Da stampfte der Bursche gar grimmig und mit einem Fluche auf den Boden; und dauerte es nicht lang, so sahe ich ihn mit einer andern im Gedrang verschwinden.

Die zierliche Dirn aber stund noch an dem Thürgerüste; und hatte ich, da sie vorhin den Kopf gewandt, bemerket, daß sie die Kinderschuh noch nicht gar lang verworfen habe, denn ihre bräunlichen Wangen waren noch wie von zartem Pfirsichflaum bedecket.

»Saget mir«, frug ich ein altes Weib, so eben mit einem Fäßchen Bier an mir vorüber wollte, »wer ist die feine Dirne dort?«

»Die, Jungherr? Das ist die Renate vom Hof.«

»Vom Hof? Da norden vor dem Dorf?«

»Ja, ja, Herr! Oh, die ist stolz! Wollen immer was Bessers sein, die vom Hof; sind aber auch nur Bauern, sind sie!«

»Und wer war«, frug ich wieder, »der junge Knecht, den sie soeben fortschickte?«

»Hab's nicht gesehen, Herr; wird aber wohl nicht hoch genug gewesen sein.«

Nach solchem sahe ich gar fröhlich auf meinen rothen Rock und meine hohen Stiefel, zu mir selber sprechend: ›Du bist der Rechte!‹ Ging also näher, und indem ich sanft mit der Hand an ihren Arm fassete, sprach ich: »Mit Verlaub, Jungfer, wir tanzen wohl einmal mitsammen!« Erhielt aber auf so zierliche Anrede von dem kleinen Ellenbogen einen Stoß, daß ich fast getaumelt wäre. »Was will der dumme Jung!« rief sie; und als sie dabei das Köpfchen zu mir kehrte, da blickten ein Paar großer dunkler Augen gar zornig auf mich hin.

Da ich dann entgegnete: »Das war nicht fein, Jungfer; aber ich hab dich wohl erschrecket«, geschah es mit einem Male, als fiele es mir wie Schuppen von den Augen: der Engel von Sanct Jürgens Standbild, er war es, und hatte mich gar eben kräftiglich gegrüßet! Da sie aber noch stumm mit offenem Mündlein mir ins Antlitz blickte, rief ich: »Ja, ja, Jungfer, gucket nur; ich bin's und habe den Engel nicht vergessen!«

Bei solchen Worten flog ein lieblich Roth über ihr junges Gesicht; da ich nun aber dachte, sie zum Tanze frisch weg von ihrem Tritt herabzuziehen, setzten jählings die Musikanten Ihre Geigen und Trompetten ab, und lief alles in großem Tumulte auf der Dielen durch einander; angesehen nunmehro die Überreichung der Hochzeitsgaben vor sich gehen sollte. War auch bald eine Tafel hergerichtet; dahinter saßen Braut und Bräutigam, jeder von ihnen mit einer irden Schüsseln vor sich. Da drängte alles sich heran und brachte, wie es Brauch ist, der eine einen Kronthaler, der andre ein lübisch Markstück, die Fürnehmeren auch wohl ein silbern Geräthstück; und in wessen Schüssel es geleget wurde, der trank dem Geber aus einem Glase zu, so neben einer Flasche Weines gleichfalls vor ihrer jedem stund. Griff also auch in meine Taschen und hatte nicht groß Mühe, das schöne Silberstück darin zu finden; doch waren meine Gedanken bei dem Dirnlein, das ich schier nirgendwo erschauen mochte. So trat ich auf die Stufen, da sie zuvor gestanden; und siehe, mitten im Gedrange glitzerte das güldne Käpplein; gewahrete auch einen silbern Suppenlöffel, so von einer kleinen Faust emporgehalten wurde. Aber hart vor dem Mädchen spreizete sich der junge Knecht, dem sie zuvor den Tanz versaget hatte; der winkte seinen Kameraden, worauf alle sich fest zusammenschlossen und also das Mädchen nicht mehr vorwärts konnte.

Ei Tausend, war ich rasch von meinem Tritt herunter und brauchte meine Arme, bis ich gar bald an ihrer Seiten war. »Renate«, frug ich, »darf ich dir helfen?«

Da nickte sie fast scheu zu mir hinüber; ich aber in dem dichten Haufen, wo wir stunden, suchte ihre freie Hand und sprach: »Nun danke ich dir auch herzlich für dazumalen an St. Jürgens Reiterbildniß.«

Sie schlug die Augen nieder und entgegnete: »O ja, Ihr hattet meinem armen Türk gar jämmerlich das Pell zerstochen!«

»Und wolltest du denn lieber, daß mich das grimmig Vieh zerrissen hätte?«

Da lachte sie leise auf; dann aber sprach sie traurig: »Das war ja gar kein grimmig Vieh; das war der frömmste Hund im ganzen Dorf!«

»Möchte ihm doch lieber nicht begegnen!« sagte ich.

»Begegnet ihm hier auch keiner mehr«, entgegnete sie; »die Tatern haben ihn über Nacht verlockt; er muß nun wohl ihre Karren ziehen oder ihre schmutzigen Kinder auf sich reiten lassen.«

Indem sie dieses sagte, rückten vor uns die Bursche nach dem Brauttische zu. Da fassete ich ihre kleine Hand fest in die meine. »Itzt!« raunte ich ihr ins Ohr, und mit einem Rucke brach ich für uns beide Bahn; merkete aber noch, wie Renate das Näschen hob, als wolle sie ihrer keinen sehen, so da mit einem Fluche oder höhnischem Lachen auf die Seiten wichen. Dann aber traten wir mitsammen vor die Hochzeitleute. Ich warf mein Silberstück in des Bräutigams Schüssel und leerete das Glas, daraus er mir zutrank, auf einen Zug; da ich mich aber nach dem Mädchen wandte, sahe ich wohl, daß sie von ihrem Munde das volle Glas der Braut zurückgab.

Als wir sodann uns wieder rückwärts durch den Haufen drängten, erhub sich wiederum ein spöttlich Reden hinter uns, so daß ich sagte: »Du hast dir übel Feindschaft gemacht, Renate; war dir der junge Knecht nicht gut genug zum Tanze?«

Da sahe sie mich gar fürnehm aus ihren dunkeln Augen an: »Den kennet Ihr nicht, Herr Studiosi; das ist des Bauervogten Sohn; der ist ein Prunkhans, er trotzet auf seines Vaters Geldsack und meinet, er brauche nur zu winken.«

Gläubete wohl ihrer Rede; denn es kostete dazumal noch die Last Gerste hundert und der Weizen mehr denn hundertundfünfzig Thaler; das machte die Bauern überthätig, die Jungen mehr noch denn die Alten.

Wir stunden aber wiederum in dem offenen Thürgerüste zu der Oberstuben, darin von den städtischen Gästen mit den fürnehmeren Bauern am Kartentische saßen und viele Lichter brannten. So konnte ich in rechter Muße ihr Angesicht betrachten.

Betrachtete es also, so daß ich es von Stund an nimmer hab vergessen können; des klage ich zu Gott und danke ihm doch dafür. Es war aber von lieblich ovaler Bildung, die Stirn fast schmal und die obere Lippe ihres Mündleins ein wenig aufgeworfen, als hebe es eben an zu sprechen: »Ja, gläubet nur, ich laß mir so nicht winken!«

Schon war der Brauttisch fortgeräumt, und die Musikanten von ihren hohen Sitzen probireten wieder ihre Instrumente. »Wie wird's, Renate«, wollte ich eben fragen, »tanzen wir denn itzo mit einander?« Da hörte ich neben aus der Stuben des Mädchens Namen rufen; und da ich den Kopf wandte, sahe ich sie schon am Stuhle eines hageren Mannes stehen, der hatte gleich ihr so dunkle, spitze Wimpern an den Augen, und dachte wohl, daß es ihr Vater wäre. Sie hatte aber ihren Arm um des Mannes Nacken und er den seinen um ihren Leib geleget; so hielt er müßig in der Hand sein Kartenspiel und schaute in seines Kindes Angesicht, unachtend, daß die andern Trumpf und Herzendaus von ihm verlangten. Da Renate aber meines Vaters Namen nannte, so trat ich näher und grüßete den Mann.

Selbiger streifte mit einem scharfen Blick an meinem prunkenden Habit und sprach: »Ihr schaut gar lustig aus, Herr Studiosi; werden aber wohl bald die schwarzen Federn darüber wachsen!«

Worauf in gleichem Scherz ich gegenredete, die müßten freilich noch schon wachsen; gäb's ohne solche ja auch keinen ausgewachsenen Raben, der doch, wie wohlbekannt; der Pastor unter dem Vogelvolke sei.

Hierauf sah er mich wieder mit seinen scharfen Augen an und meinete, er kenne auch so was die modi auf denen Universitäten: »denn«, sagte er, »Ihr wisset wohl, drüben in Husum meines Schwagers Sohn gehöret auch zu Euerem Orden.«

Da frug ich geziementlich, wie denn der Name sei, und erhielt die Antwort: »Es ist der Küster Albert Carstens; meine Renate war das letzte Jahr in seinem Hause, damit sie ein wenig mehr erlerne, als hier in der Bauernschul zu kaufen ist.«

Hierüber erschrak ich sehr und dachte: ›Weh deinem armen Engel, daß er unter eines solchen Atheisten Dach gerathen!‹ War mir nämlich bewußt, daß selbiger Carstens, als derzeit noch ein studiosus, hier im Dorf gewesen und gar heftig gegen den exorcismum geredet, auch ein alt mandatum, so die Gottorpischen Calvinisten im vorigen saeculo zuwege gebracht, wieder vorgekramet habe, wonach es in der Taufeltern Belieben war gestellet worden, ob sie den Antichrist in ihrem Kinde wollten beschworen haben oder nicht. Deß hatte mein Vater als bei seinem hiesigen Amtsantritte große Noth gehabt, maßen der redefertige. Neuerer auch den Diaconum und manchen sonst gläubigen Christen in seine Schwärmerei hineingezogen hatte.

Da mir nun solches gar widerwärtig meinen Sinn durchkreuzete, fühlte ich plötzlich meine Hand ergriffen. »Aber; Herr Studiosi«, sprach Renate, »Ihr wolltet ja mit des Hofbauern Tochter tanzen!«

»Ja, ja«, fügte der Bauer bei, »tanzet nun mit einander; Renate hat es in der Stadt gelernt. Und besuchet uns einmal, Herr Studiosi; der Hofbauer hat wohl noch eine Flasche Rheinischen in seinem Keller.«

Da flogen all schwere Gedanken fort. Mit dem schönen Dirnlein an der Hand tauchte ich gleichsam in das dunkle Gedräng hinab, so daß mir däuchte, wir seien schier darin verloren. Über uns weg von ihren Tonnen bliesen und fiedelten die Musikanten; und um uns her stampfeten und schrien die jungen Knechte und Dirnen. Kümmerte aber das alles uns nicht sehr; so nur ein freier Raum entstund, fassete ich sie um und schwenkte das leichte Kind in meinen Armen, und wenn's nicht weiter gehen wollte, stunden wir still und schaueten uns voll Freud und Neugier in die Augen. Und wenn ich heut zurücke denke, so wüßt ich nicht zu sagen, wobei sich mein Herz zumeist ergötzete; auch nicht, wie in solch anmuthigem Wechsel uns die Nacht zerronnen; denn da ich einmal über der Tänzer Köpfen nach dem offenen Thore blickte, waren am Himmel schier die Stern' erblichen und streifete ein bleicher Schein die Balken an der Bodendecke. »Sieh, Renate«, sprach ich, »so geht die Lust zu End.«

Da fühlte ich, daß sie sich leise an mich drängte; aber sie entgegnete nichts und schaute auch nicht auf. Als ich aber gewahrete, wie ihre Wangen glühten, frug ich: »Dürstet dich auch, Renate? So wollen wir drüben zu dem Tische gehen.«

Und da sie nickte, gingen wir hin; und ich nahm einer frischen Dirne, so eben dort getrunken hatte, das Glas aus der Hand, um es aus einem Bierkrug wiederum zu füllen. Aber Renate ergriff ein anderes, das auf dem Tische stund, und bückte sich damit zu einem Eimer Wasser.

»Ei«, rief ich lachend, »trinkst du mit den Vögeln, was unser Herrgott selbst gebrauet?« Doch sie hatte das Glas nur ausgeschwenkt.

»O nein, Herr Studiosi«, entgegnete sie fast verschämet; »schenket nur ein; ich trink schon, was die Männer trinken!«

Da sie dann aber ihr Hälschen aufreckte und gar durstig trank, kam eine sehr alte Frau mit einer schwarzen Kappen auf dem greisen Haar gelaufen, zupfte sie an ihrem Taffetröckchen und raunete: »Der Bauer ist schon heim; der Bauer ist schon heim!«

Und als Renate ihr Glas hinsetzte, rufend: »Marik', ich komme schon, Marik'!«, da war die Alte nimmermehr zu schauen.

Ich aber haschte des Mädchens Hand und sagte: »Du wolltest mir doch also nicht entlaufen? Ich gehe schon mit dir, Renate, so du gehst!«

Und so gingen wir schweigend mitsammen aus dem Hochzeithause. Und da wir auf die Höhe vor dem Bischofshause kamen, wo der Steig hinüberführt, blieben wir unter dem Thurme stehen und schauten in die Tiefe unter uns; denn vor dem aufsteigenden Morgen floß dorten der Strom mit dunkelrothem Glanze in das noch dämmerige Land hinaus. Zugleich aber wehete eine scharfe Luft von Osten her, und da Renaten schauderte, legte ich meinen Arm ihr um das nackte Hälschen und zog ihre Wange dicht zu mir heran. Da wehrete sie mir sanft. »Lasset, Herr Studiosi«, sprach sie, »ich muß nun heim!« und wies hinab nach ihres Vaters Hause, so seitwärts unter den düsteren Bäumen lag. Und als nun gar ein heller Hahnenkraht daraus emporstieg, da sahe ich sie schon den Berg hinunterlaufen; dann aber wandte sie sich und schaute unverhohlen mit ihren dunkeln Augen zu mir auf.

»Renate!« rief ich.

Da nickte sie noch einmal und schritt dann eilig über die bethauten Wiesen nach dem Hofe zu. Ich aber stund noch lange oben in der scharfen Morgenluft und starrete hinunter auf die düsteren Eichen, aus deren dürrer Krone itzt ein paar Elstern aufflogen und krächzend den Nachtschlaf von den schweren Flügeln schüttelten.

Andern Tages fiel die Sonne schon hoch in meine Kammer, da mein Mütterlein mir die Morgensuppe an meine Bettstatt brachte; und da sie in ihrer liebreichen Weise mich über die Lustbarkeit befragte, hörete sie nicht ungern von der Bekanntschaft mit des reichen Hofbauren Tochter und spann, wie die Mütter pflegen, schon ihre festen Fäden für die Zukunft. Als sie dann aber nachmittags, da ihr Gespinste nahezu fertig war, solches voll Freudigkeit vor meinem lieben Vater auszubreiten begann, schien selbiger nicht völlig gleichen Sinnes, sondern rieb sich, wie er in Zweifelsfällen es gewöhnt war, bedächtig mit dem Finger an der Nasen und wiegte schweigend seinen Kopf dazu.

»Wie, Vater«, brausete die Mutter auf, »ist dir die liebe Gottesgabe, das Geld und Gut, etwan im Wege? Und meinest du, daß ein künftiger Diener Gottes müsse allemal in Armuth leben, weil solches, leider Gottes, unser Theil gewesen ist?«

»Nein, o nein, Mutter!« entgegnete er. »Nein, das gewißlich nicht!«

»Nun, Gott sei gedanket!« rief die Mutter. »Was ist denn nun noch für ein Aber?«

»Ja, Mutter, ihr Weiber wollet euch gar am eignen Sohn den Kuppelpelz verdienen; aber ich denke, der Josias geht wohl andere Wege.«

Damit ging er in seine Kammer und setzete sich zu seiner morgenden Sonntagspredigt; und hatte ich, der fast beschämt dabei gestanden, nun wohl vermerket, daß mein lieber Vater von diesen Dingen nicht mehr wolle geredet haben; nicht minder, daß wegen der Hofleute was immer für eine Bedenklichkeit in ihm versire.

Ich war aber hiedurch in eine gar üble Unruhe versetzet worden. Ich lief aus dem Hause und über den Weg auf den Glockenberg und sahe hinüber nach dem Schloßthurm, von wo ich in der Frühe mit Renaten in das stille Land hinausgeblicket; lief wiederum zurücke, warf mich an meine Arbeit und brachte aber nichts zu Stande, als daß ich den Buchstaben R wohl hundertmal in meine Hefte malte, gleichsam als hätt ich's wegen dieses einen noch von der Schreibstub nachzuholen.

Drum, als es Abend wurde, trieb mich's nach dem Kruge, der oberhalb der Treene liegt, ob ich dorten was erfahren möchte; redete auch mit dem und jenem und kehrete dann gelegentlich das Wort auch auf den Hofbauren. Da sahe ich wohl, daß er geringen Anhang hatte; redeten ihm nach, obschon er weitaus noch kein Bauer aus dem Fundamente sei, so schlage alles ihm doch zu; denn da vor Jahren hier die Seuche in das Vieh gekommen, so sei in seinem Stalle ihm kein Stück gefallen, und wenn auf ihrem Boden die Mäus und Ratzen ihnen das Korn zerschroten, so habe in einer mondhellen Herbstnacht der Feldhüter es mit leiblichen Augen angesehen, wie aus des Hofbauren Scheune, gar greulich anzuschauen, sothanes Geschmeiß in hellen Haufen zur Treene hinabgerannt und sich mit Quieksen und Gepfeife in den Fluß gestürzet habe. Zog mich sogar der blasse Dorfschneider bei einem Rockknopf in die Ecken und sprach gar heimlich: »Jungherr, Jungherr! Wisset Ihr, was die Schwarze Kunst bedeutet?« Schlug sich dann aufs Maul und zeigte mit der Hand dahin, als wo der Hof belegen.

War mir nun zwar bewußt, daß wohl gar geistliche Herren sich mit solcher Kunst befasset, wie denn der vorig Pastor in Medelbye darin gar sonderbar geschickt sollte gewesen sein; auch daß solches, wenn gleich kein endgültig Pactum mit dem Seelenfeinde, so doch ein frevelig Spiel um Seel und Seligkeit sei, so bei der menschlichen Schwachheit gar leicht in das ewige Verderben führen könne; sahe aber gleicher Weise, daß diese Leute dem Hofbauren seinen Reichthum neideten, ihm auch aufsätzig waren wegen seiner Hoffart und schon von seines Vaters wegen nicht vergessen konnten, daß selbiger gegen der Gemeinde Willen sich einen Emporstuhl in der Kirchen durchgesetzet.

Schritt also, wie ich dem Hofbauren das versprochen, am andern Nachmittage nach der Predigt über die Bischofshöhe den Pußsteig zu dem Hof hinab. Da ich herzutrat, lag das große Gebäu gar stille unter seinen alten Eichbäumen; bellte auch kein Hund vom Flur heraus; nur droben in den Wipfeln erhuben die Elstervögel ein Gekrächze, als ob sie hier die Wacht am Hause hätten. Indem vernahm ich einen Tritt von drinnen, und das alte Baurenweib, so in der Nacht Renaten von der Hochzeit abgerufen hatte, öffnete die Hausthür; dabei hatte sie einen langen Wollenstrumpf in Händen, an welchem sie sogleich wieder zu stricken fortfuhr.

»Ist Er des Priesters Sohn?« frug sie; und als ich das bejahete, that sie ein Zimmer auf und sagte: »Geh Er nur hinein; da steht auch eine Faulbank; ich will den Bauren rufen.«

Und war das ein breit und hoch, aber gleichwohl düsteres Gemach; denn zu Nord und Osten, überall vor den Fenstern, hing das Gezweig herab, so daß man aus den letzteren nur kaum noch an den Fluß hinunterschauen mochte. Unter den Stühlen war wohl auch ein Kanapee; sonst aber an den weiß getünchten Wänden ein paar große Tragkisten und sonstig Baurengeräth; doch prunkete auf einer Schatullen eine Theekanne mit einem halben Dutzend Tassen, desgleichen ich bei Bauren bislang nur noch auf den großen Marschhöfen gesehen hatte. Daneben aber erblickte ich, und däuchte mir solches wohl ein seltsam Zierath, ein unförmlich und scheußlich Graunbild, fast eines Fußes hoch und, wie mir schien, aus rothem Thon gebildet. Da ich solch Unding noch mit widerwilliger Neugier betrachtete, trat der Bauer in die Stuben. »Ja, ja, Herr Studiosi«, sprach er und reichte mir die Hand, »beschaut's Euch nur! Wird in der Welt zu allerlei Ding gebetet! Der Rothe hier, das ist ein Heidengötze, den hat mein Vaterbruder, so ein Steuermann gewesen, mit über See gebracht.«

Ich sahe nun erst, welch ein groß gewachsener Mann er war, der solches redete. Sein Antlitz war etwas bleich; aber er trug seinen Kopf mit dem schwarzen Bart und dem dunkelen, kurz geschorenen Haupthaar gar hoch auf seinen Schultern.

Das alte Weib, das mit dem Bauren eingetreten und mit ihrem langen Strickstrumpf auf und ab gewandert war, zeigete mit selbigem auf den Götzen und raunte mir ins Ohr: »Das ist der Fingaholi! Der Pastor darf's nicht wissen; aber gläub Er's mir, der ist gar gut gegen die Mäus und Ratten.«

Mir fielen die Reden des Schneiders bei; aber der Bauer, der es wohl vernommen hatte, lachete und sprach: »Ich meint, daß du mir die vertrieben hättst, Marike!«

Die Alte warf ihm einen bösen Blick zu und begann, vor sich hin scheltend und strickend, wieder auf und ab zu wandern.

Draußen in den Bäumen schrachelten die Elstern; mir war's mit einem Mal gar einsam in dem großen, düsteren Gemache.

Da that die Thür sich abermalen auf und wurde mir schier beklommen, doch auch, als sei es itzt jählings helle worden; denn Renate war eingetreten, und während sie ihr Köpflein zu mir wandte, sah ich, wie ein fliegend Roth ihr die lichten Augen dunkel machte. Sie trug ein Brett mit Flasch und Gläsern und setzete sie vor dem Kanapee auf den Tisch.

Der Bauer rief: »Da kommt der Rheinische, Herr Studiosi; setzet Euch nun, so wollen wir eins mitsammen reden.«

Renate aber, welche itzt ein sorglich Auge auf die alte Frau wandte, hing sich an deren Arm und redete ihr leise zu, indes sie einige Male mit ihr auf und ab wanderte. So wurde die Alte wieder ruhig und ging gar bald hinaus. »Es ist meines Vaters Kindsmagd, Herr Studiosi«, sprach das Mädchen; »sie meinet noch immer, sie allein nur könne ihm die Strümpfe stricken. Sonst aber ist sie nur schwach wisset, da, hier herum!« Und dabei strich sie mit dem Finger über ihre Stirn. Dann trat sie zu dem Bauren, der schon den hellen Wein in die Gläser goß, und wie im Scherze mit ihrer kleinen Faust ihm drohend, sprach sie: »Vater, Vater, was hat Er mit Seiner Marike wieder angestellt.«

Der aber sahe sie unwirsch an und sagte: »Laß gut sein, Renate; das alte Tropf, es könnt mich noch zu Ding und Recht reden! Kommet, Herr Studiosi«, fügte er bei, »und probet einmal! Weiß nicht, ob im Pastorshause besserer zu haben ist.«

That also Bescheid und entgegnete, im Pastorshause sei der Wein gar selten; aber daß in dem dumpfen Keller gar das Bier verderben müsse, des habe mein lieber Vater arge Noth.

Da lachte der Mann und griff sich in die silbern Knöpfe seines Wamses: »Lasset den Pastor nur mit dem Hofbauren reden; er soll bald einen Keller für sein Bier bekommen.«

Ich sahe auf Renaten, die am Fenster saß und an einem Namentüchlein stichelte. Dachte immer, sie solle einmal wieder die großen Augen auf mich wenden; aber sie schaute nur auf ihre Arbeit, und ich, des jungfräulichen Herzens unkundig, wurde in mir fast unwillig, daß sie unsere Bekanntschaft also verleugnen mochte. Dachte aber, ich müsse der höflichen Anerbietung des Bauren eins entgegenbringen, und begann also die anmuthige Lage seines Hofes oberhalb des Treeneflusses in das Licht zu stellen, was er gar gern zu hören schien.

»Das möget Ihr wohl sagen, Herr Studiosi«, hub er an, »und hat auch seine eigene Bewandtniß. Der stammt noch aus der katholischen Zeit vom alten Gottorpschen Bischof Schondeleff, der drüben in dem wüsten Thurmgebäu residiret, wo später der König seinen Amtmann sitzen hatte. Müsset nämlich wissen, bevor sie Anno 1621 da drunten die Stadt und die große Eiderschleuse bauten, kam die Fluth auch hier herauf, und was Ihr drunten durch das Fenster sehet, war damals ein breit und mächtig Wasser, so mit seinen Buchten in den Wald hineinging. Trieb sich aber damals auf allen Meeren ein wild und gefährlich Gesindel um, die sich Likedeler hießen; Ihr wisset, die Vitalienbrüder unter dem Gödeke Michels und dem Störtebeker, dem sie auf dem Hamburger Grasbrooke den Kopf herunterschlugen.«

Von denen hatte ich denn freilich wohl vernommen. Nicht minder, daß selbige, so sie von den Hansestädten oder den Mecklenburgern gejaget wurden, sich oftmalen mit ihren Schiffen die Treene hier herauf retiriret hätten, allwo ihnen der dicke Wald im Rücken war. Merkte das also an und sagte auch: »Es wird aber erzählet, der Bischof selber habe hier den Räubern einen Hafen angewiesen.«

Da lachte der Bauer und griff in seinen schwarzen Bart: »Ihr meinet nach der Regel, wo der Marder sein Nest hat, da holet er die Hühner nicht! Ist aber Altweiberrede; der alte Schondeleff hatte gar übeln Vertrag mit denen und hätte wohl gar sein Leben an sie lassen müssen, wenn meiner Mutter Urahn ihn nicht mit seiner guten Axt herausgehauen hätte. Derohalben aber hat er ihn mit diesem Hof nebst Wald und Gründen begabt und ihm den Namen ›Ohm‹ beigeleget, weil er nicht als ein Diener, sondern als ein Freund und Ohm an ihm gehandelt habe.«

Und da ich frug, wo solche Kriegsthat denn geschehen sei, antwortete der Bauer: »Es ist nur ein Viertelstündchen osten dem Dorfe, an dem Vitalienhafen, der freilich itzo nichts als eine leere Höhlung ist, darum sie es auch ›Holbek‹ zu nennen pflegen; aber hart dahinter stehet noch der Wald wie dazumal, und von der Höhe ist ein Ausblick weit in das Dithmarscher Land hinaus.«

Muß wohl bekennen, daß bei solchem Zwiesprach meine Gedanken nur halb zugegen waren; sie gingen nach drüben zu dem Fenster, daran Renate saß; noch immer über ihre Nähterei geneiget. Hier innen war's noch düsterer geworden; aber draußen hinter den Bäumen spieleten die Lichter der Nachmittagssonne, daß sich der Abriß ihres lieblichen Angesichtes gleich einem Schattenbilde auf grüngüldenem Grunde abhub.

»Nun, Herr Studiosi«, rief der Bauer, da ich im Hinschauen wohl schier mochte verstummet sein, »was gucket Ihr so ans Fenster? Ihr meinet auch wohl, ich sollte ein paar Klaftern Holz aus meinen alten Bäumen hauen?«

Da stürzte ich rasch mein Glas herunter; war es mir doch schier, als sei ich auf verbotenem Weg ertappet worden; ingleichen aber, als ob der Bauer mit seinem Rheinischen mich hier am Tisch gefangen halte. Sprang also von meinem Stuhle auf und sprach: »Was meinet Ihr, Hofbauer; draußen ist noch lichter Tag; kommet mit Eurer Tochter und zeiget mir, wo Euer Ohm den Bischof frei gehauen!«

Der Bauer entgegnete, er wolle schon mit durchs Dorf hinaus; danach aber habe er noch einen Gang aufs Moor, wo in der Woche seine Leute bei dem Torf gearbeitet; doch werde seine Tochter mir den Weg schon weisen.

Und als ich hinsah, nickte Renate ihrem Vater zu und stund von ihrem Stuhle auf; der Bauer aber ging noch erst mit mir auf seine Hofstelle und durch Stall und Scheuer; und gewahrete ich dadrinnen manches, das däuchte mir anders und auch verständiger, als wie es sonst von Vater auf den Sohn die Bauren sich herzurichten pflegen.

»Sehet einmal hier, Herr Studiosi«, sagte der Hofbauer, »Ihr mögt's mir glauben, um dieser Rinne wegen möchten die Kerle hier mich gar am liebsten fressen; nur weil ich letzt beim Neubau den alten Ungeschick nicht wiederum verneuern wollte. Aber, 's ist schon richtig, die Ochsen, wenn sie ziehen sollen, müssen das Brett vorm Kopfe haben.« Er nahm eine Furke, so am Wege lag, und warf sie mit kraftvollem Schwung in eine Ecken.

Als wir aus dem Stalle traten, kam Renate zu uns, und wir schritten mit einander durch das Dorf. Einen Büchsenschuß dahinter, unweit des Waldes, nahm der Bauer seinen Abschied. »Ihr kennet nun den Hof«, sagte er; »und vergesset das Wiederkommen nicht; ich muß hier nach Norden zu. In Husum der Rathsverwandte Feddersen soll ein Dutzend Tagesgrift für seine Brauerei geliefert haben, da muß ich schauen, ob auch die richtige Stückzahl in den Ringeln ist.«

Und dann gingen wir zu zweien weiter.

Nur das Moor liegt zwischen hier und dorten, ein Vogel mag sich bald hinüberschwingen; aber auch wohl dreißig Jahre sind seit jenem Tag zur Ewigkeit gegangen ohne sie zu mehren; denn nur der Mensch ist in der Zeitlichkeit –, im Dorfe

Ostenfelde sitze ich hier als ein zu früh mit Körperschwäche befallener emeritus und leidiger Kostgänger bei dem pastor loci, meinem lieben kerngesunden Vetter Christian Mercatus. Hätte somit der Muße genug, um, wie meine übrige Lebensumstände, so auch die Vorgänge jenes Nachmittages aufzuzeichnen. Lieget mir selbiger doch gleich einem Überschwang holdseliger Erinnerung im Gemüthe; habe auch einen ganzen Bogen Papieres dazu hergerichtet und mir die Federn von dem Küster schneiden lassen, und nun vermag mein inneres Auge nichts zu sehen als vor mir einen einsamen Weg zwischen grünen Knicken, der sich allgemach zum Wald hinaufwindet. Weiß aber wohl, es ist der Weg, den wir dazumal an jenem Nachmittage gingen, und ist mir, als wehe noch ein sommerlich Düften von Geißblatt und Hagerosen um mich her.

»Renate!« sagte ich, nachdem wir lange stumm dahingeschritten.

»Ja, Herr Studiosi?« Sie hatte den Kopf gewandt und hielt die dunkeln Augen mir entgegen.

Da wußt ich nimmer, was ich sagen sollte, und dachte doch: ›Es muß nicht gelten, daß ein Studirter und zukünftiger Kanzelmann einem Bauerdirnlein gegenüber also den Text verlieret.‹ Aber selbiges Dirnlein war ja der Engel von St. Jürgens Bildniß, und so fiel's mir bei. »Renate«, frug ich, »habet Ihr denn itzo keinen Hund auf Eurem Hofe?«

»Einen Hund? Nein, Herr Studiosi; es wollt nicht gehen mit dem Aufziehn. Ich mag auch keinen, seit sie meinen Türk gestohlen haben.«

»Ich mein aber, der Türk habe dem Küster in Husum zugehört?«

»Freilich; aber er hatte sich mir zugewöhnt und ist mir nachgelaufen; da hat ihn der Vetter mir gelassen.«

»Und nun«, sagte ich, »habet Ihr nur die Krähenvögel in Eueren alten Bäumen.«

»Ihr spaßet, Herr Studiosi«, entgegnete sie; »aber es braucht bei uns kaum eines Hundes; mein armer Vater leidet an der Luft und schläft allzeit nur leis. Wenn es arg ihn überfällt, rufet er wohl nach mir; wir wandern dann gar manche Stunde mit einander, in der Stube und über den Flur in den Pesel, wo das Bild vom Schloß und von dem alten Bischof hängt. Da sind die draußen nimmer sicher, daß nicht ein Paar Augen durchs Fenster in die Nacht hinausschauen.«

Sie sahe gar bekümmert aus, da sie solches erzählte, und ich sagte: »Du bist doch noch so jung, Renate!«

»Ja; aber mein Vater hat gar niemanden sonst; meine Mutter ist lang schon tot.«

Und somit waren wir unter die breiten Buchen in den Wald geschritten; da schlug noch eine Drossel aus dem Wipfel eines Baumes, und in der Ferne hörten wir es durch die Büsche brechen. »Das sind die Hirsche«, sagte das Mädchen; »zu Herzog Adolfs Zeiten soll die Unmenge hier gewesen sein.«

Dann theilete sie mit den Händen das Gezweige von einander und sprach: »Hier ist's, Herr Studiosi!« Und wir standen oben an Störtebekers Hafen und sahen unter uns in das weite Treenethal hinaus. Es war aber nur eine Höhlung, so in das sandige Hochland hier hineinging; das Wasser floß itzt fern davon in seinem schön geschlängelten Laufe durch die Wiesen. Renate führte mich zu einer dicken schrundigen Eichen und zeigete auf einen schier vernarbten Spalt in deren Stamme. »Sehet, Herr Studiosi, hier hat der Urahn seine Axt hineingehauen, als die Kriegsarbeit gethan war und die Räuber da hinab zu ihren Schiffen rannten. Er hat auch eine Tochter gehabt, die hat, wie ich, Renate geheißen, und weil ihr Vater im Gefecht es so gelobet, so hat sie in ein Kloster sollen; da sie aber aufgewachsen, hat sie dazu nein gesprochen und ist hernach dann meine Ahne worden.«

Sie hatte sich an den Baum gelehnt und ihre Hände vor sich in den Schoß gefaltet; so schauete sie in das Abendgold hinaus, das itzo allgemach am Erdenrand emporglomm. Ich aber blickte auf dies junge ernste Antlitz und mußte mich fast sorglich fragen, was denn wohl sie in solchem Fall gesprochen haben würde; und lobete im stillen unseren Vater, Dr. Martinum, daß er dem Unwesen der Klöster bei uns ein Ziel gesetzet.

Indem ich solches dachte, richtete sie sich jählings auf. »Nehmt's nicht für ungut«, sprach sie hastig; »aber ich bitt Euch, wollet itzo mit mir durch das Holz gehen; es führt von hier ein Richtsteig nach dem Moor hinüber.«

Und da ich eine Unruhe auf ihrem Antlitz las, so frug ich, ob sie etwan um ihren Vater sorge.

Da schüttelte sie sich als wie aus einem Traume und sagte: »Es wird nichts sein, Herr Studiosi; aber wenn Ihr wollt, so lasset uns eilen; vielleicht, er mag uns dann entgegenkommen!«

So gingen wir in den tiefen Wald hinein. Immer stiller wurde es um uns her, und immer mächtiger wuchs die Dunkelheit; nur kaum noch mochte ich Renatens anmuthige Gestalt erkennen, wie selbige unter den hohen Stämmen so rasch vor mir dahinschritt. War mir mitunter, als gaukele vor mir dort mein Glück, und müsse ich es halten, wenn ich's nicht verlieren wolle. Wußte aber gar wohl, daß des Mädchens Sinnen itzo auf nichts als einzig nur auf ihren Vater zielete.

Endlich dämmerte es durch die Bäume wie graues Abendlicht, der Wald hörete auf, und da lag es vor uns weit und dunstig; hie und da blänkerte noch ein Wassertümpel, und schwarze Torfringeln rageten daneben auf; ein großer dunkler Vogel, als ob er Verlorenes suchte, revierete mit trägem Flügelschlage über dem Boden hin. An meiner Seite stund Renate; ich hörte ihren Odem gehen und konnte gewahren, wie ihre Augen angstvoll und nach allen Seiten in die vor uns hingestreckte Nacht hinausschauten; denn uns im Rücken hinter den gewaltigen Schatten des Waldes lag das letzte Tageleuchten. Da mußte ich mit dem Psalmisten sprechen: »Herr, du machest Finsterniß, und es wird Nacht; aber Himmel und Erde sind dein: denn du hast sie gegründet und alles, was darinnen ist!«

Indem aber rührete Renate mit der einen Hand an meine Schulter, und mit der anderen wies sie auf das Moor hinaus.

»Was meinest du, Renate?« frug ich.

»Sehet Ihr nicht? Dort?«

Und da ich meine Augen anstrengte, meinete ich fern im Duste einen Schatten schreiten zu sehen; aber nur eines Athemzuges lang. »War das dein Vater?« frug ich wieder.

Da nickte sie und sprach: »Verzeihet, meine Angst war thöricht; er ist schon jenseit unseres Moores auf der festen Geest.«

»So lasset uns eilen«, rief ich; »ob wir ihn noch erreichen mögen!«

Aber sie ergriff mit beiden Händen meinen Arm: »Das Moor, Herr Studiosi, kennet Ihr das Moor? Wir können nimmermehr hinüber!« Dann, als ob ein plötzlich Grauen sie befiele, zog sie mich zurück und sagte »Kommet, hier führt der Weg am Wald hinab!« und ließ meine Hand nicht los, so lange wir den düstern Ungrund an unserer Seiten...

*

Die Handschrift ist hier lückenhaft; zunächst fehlen einige Blätter gänzlich, das dann Folgende ist durch Wasserflecke fast zerstört. Doch ist zu ersehen, daß der Studiosus Josias ein Musikfreund und mit seinem Vater der Ansicht Dr. Luthers war, die lateinische Sprache habe viel feiner musica und Gesanges in sich, daher man sie keineswegs aus dem Gottesdienste solle wegkommen lassen. Schon als Knabe hatte er zu den auserwählten Schülern gehört, welche dem derzeitigen Husumer Kantor Petrus Steinbrecher vor der Frühpredigt assistierten und »zur Ehre Gottes und zur Erweckung eines jedes Christen Devotion« von der Orgel in die damalige gewaltige Kirche hinab das Te Deum laudamus mitgesungen. Hier in Schwabstedt werden derzeit sich auch noch Reste des lateinischen Kirchengesanges erhalten haben; denn es gelingt ihm wo, ist nicht ersichtlich –, eine Anzahl junger Kirchensänger und -sängerinnen um sich zu versammeln, wie es heißt, »zur besseren Einübung der bekannten, sowie Erlernung einiger neu hinzugebrachter Lieder«. Renatens Stimme, welche »gleich einem silbern Licht ob allen andern schwebete«, scheint den Zauber noch verstärkt zu haben, den die Bauerntochter so unbewußt auf unsern Gottesgelahrten ausübte. Worauf sonst in jenem Sommer der Verkehr der beiden jungen Menschen sich erstreckt habe, ist nicht erkennbar; erst mit dem Ende desselben beginnen wieder die bis zu einem gewissen Punkte fortlaufend erhaltenen Teile der Handschrift, der nun wieder wie vorhin das Wort gelassen wird.

... war es eines Abends Ende Septembris, als ich mit meinem Vater sel. in dessen Studirstüblein über Abfassung einer Supplike an unsern allergnädigsten Herzog beisammen saß; denn da meinen lieben Vater wegen übermäßiger studia in seiner Jugend eine Augenschwäche befallen, so hatte er es gern, wenn ich für ihn die Feder führete. Wollte nämlich die Angelegenheit mit unserem Keller noch immer keinen Fortgang nehmen. Zwar hatte der Hofbauer, nur auf meine frühere Rede denn mein Vater wollte ihn nicht um seine Dienste angehen –, die Sache noch einmal in der Gemeinde fürbracht; aber die Bauren hatten ihm erwidert, der alte Pastor habe bei seinem Bier gut predigen können, so werd der Keller auch wohl für den neuen reichen.

Es war nun an diesem Abend ein gar wüstes Wetter, und brausete es draußen von dem Walde her, daß man hier innen oft die Worte kaum erfassen konnte.

»Schreibe nun so«, sagte mein Vater, indem er zu mir rückte: »Obgleich die meisten meiner Beichtkinder mir herzlich gern einen besseren Keller gönneten, so waren doch derer, die halsstarrig dawider stritten; von Mitten Maji bis hieher habe kein frisch und kühl, sondern nur sauer Bier gehabt; und was mir das vor eine Plage gewesen, ist Gott am besten bekannt; wie viel aber von solchen Gaben Gottes, salvo honore, zum Schweinetrank hingießen lassen, will ich hier seufzend übergehen.«

Ich entsinne mich noch aller dieser Worte meines lieben Vaters; denn ich setzete die Feder ab, weil mich ein Bedenken anwandelte, Hochfürstliche Gnaden also wegen des pastoris sauerem Bier in Compassion zu nehmen. Als ich aber solches eben nur geäußert, hörte ich draußen auf der Hausdiele ein laut Gerede mit unserer alten Margreth. Wurde dann auch unsere Stubenthür gewaltsam aufgerissen, und erschien ein Mann in schier beschmutzten Reisekleidern, scheinbar von meines Vaters Alter und auch wohl geistlichen Standes, aber mit vollem braunrothen Antlitz, daraus ein Paar kleine blanke Augen gar hurtige Blicke über uns hin laufen ließen. »Salve, Christiane, confrater dilectissime!« schrie er; »komme gar spät unter dein gastlich Dach! Aber der Teufel, der mir als seinem scharfen Widersacher allzeit auf den Hacken ist, hatte mit seiner höllischen Kunst meinen Gaul vom Wege in das Moor hineingegaukelt, also daß ich ihn durch ein paar Käthner zwischen den Bülten habe müssen herausgraben lassen; der Unsaubere hatte es wohl gerochen, daß ich unter meinem Wamse eine neu geschmiedete Waffen gegen ihn am Leibe trug.« Und dabei schlug der heftige Mann gegen seine Brust und zog alsdann unter seinem Mantel ein dick manuscriptum herfür; das warf er vor uns auf den Tisch in meine Schreiberei hinein. »Siehe da«, rief er, »mein ›Höllischer Morpheus‹ hat zwar dem holländischen Schwarmgeist, dem unverschämten Dr. Balthasar Beckern und seiner ›Bezauberten Welt‹, den Text gefeget; aber der verworfenen Zauberer- und Hexenadvokaten erstehen immer mehr! Nitimur in vetitum, Herr Bruder! Es thut Noth, der unvernünftigen Vernunft den Daumen gegen zu halten!«

Aus solcher Rede wurd mir inne, daß ein gar hochgelahrter Mann in unser Haus getreten; und war es Herr Petrus Goldschmidt, derzeitiger Pastor zu Sterup, welcher als ein Husumer einstmals mit meinem lieben Vater auf dortiger Schulen und später auf der Universität beisammen gewesen. Er hatte aber nach seinem hochberühmten ›Morpheus‹ ein zweites Werk fertig gestellet, und zwar gegen den Hallischen Professor Thomasius, der in seinem derzeit erst verdeutscheten Buche »De crimine magiae« all Teufelsbündniß vor ein

Hirngespinst erkläret und solcher Weise als ein rechter advocatus das unselige Hexen- und Trudenvolk der irdischen Gerechtigkeit zu entreißen strebte. Fehlete dem Herrn Petrus zur Edirung seines neuen Werkes nur noch die Einsicht etlicher Schriften, so er selber nicht besaß, aber wußte, daß selbige unter meines Vaters Büchern seien; ad exemplum des Remigii Daemonologia, des Christ. Kortholdi Traktätlein von dem glüenden Ringe und etliche andere.

»Habe zwar einen festen Kopf, Christiane«, rief er; »mißtraue aber weislich der menschlichen Schwachheit; und würde doch dem Pastor zu Sterup übel anstehen, sich von dem Vater der Lügen über faulen Citaten ertappen zu lassen!«

Da nun mein Vater ihn willkommen hieß, warf er Hut und Mantel hoch vergnüget von sich, und hörete ich mit Attention der beeden wohl erfahrenen Männer Wechselreden, so bald emsig hin und wider gingen. Zwar hatte ich wegen meiner Studien und um jugendlicher allotria willen, mit denen ich meine Zeit erfüllet, weder den Goldschmidtischen »Morpheus« noch seiner Widersacher Schriften gelesen, fassete aber gegen letztere, da der gelahrte Mann sie explicirte, gar bald einen lebhaften Abscheu und wurde auch, da ich solchen kund that, von selbigem weidlich belobet und verwarnet, daß ich auch künftighin mich nicht zu denen Atheisten und Schwarmgeistern gesellen möge.

Auch über dem Reisbrei, den meine liebe Mutter dem Gaste zu Ehren auf die Abendtafel brachte, nahmen diese Gespräche ihren Fortgang, so daß mein Mütterlein wohl gern von anderem gehöret hätte, und sie lieber anhub, ihr mäßig Bier mit vielen Worten zu entschuldigen und die Elendigkeit des Kellers zu beklagen.

Der Mann Gottes aber ergriff den vor ihm stehenden vollen Krug, stürzete ihn mit eins hinunter und sprach mit gravitätischer Verbeugung: »Frau Pastorin, man soll auch so der Gottesgabe nicht verschmähen!« Dann stäubte er sich mit der Hand die Tropfen aus dem Barte und begann ein neu Gespräch vom exorcismo, so daß meiner lieben Mutter nichts verblieb, als den geleerten Krug zu neuer Füllung an das Faß zu tragen. Herr Petrus aber frug nun meinen Vater, was eine formula bei der Taufen allhier gebräuchlich sei, und da dieser entgegnete, daß er zum Täufling rede: »Entsagest du dem bösen Geist und seinen Werken?«, so sprang der gewaltige Mann von seinem Stuhle auf, daß ihm der Löffel über den Tisch hinüberflog. »Christiane, eheu Christiane!« rief er. »Was weiß denn solch ein Saugkalb, ob es den Widerchrist in seinen dünnen Därmen hat! Exi immunde spiritus! Fahre aus, unsauberer Geist! So sollst du sprechen! Dann mag es dir wohl glücken, daß du den Argen als einen stinkenden Rauch aus des Täuflings Mündlein herfürgehen siehest!« Er ergriff aufs neue seinen Löffel, den meine Mutter auf seinen Platz zurückgelegt, und that der wohlmeinenden Gastfreundschaft meiner lieben Eltern nochmals alle Ehre an. Da aber mein Vater geziementlich fürbrachte, daß doch das Kind durch der Gevattern Mund die Antwort gebe, da schüttelte Herr Petrus nur seinen Löwenkopf und meinete: »Ja, wenn die Klotzköpfe der unsauberen Geister nur nicht in ihrem eigenen Leibe hätten!«

Über solcher Materie war es nach Mitternacht worden, daß wir den verehrten Mann zum Schlaf in seine Kammer brachten.

»Laß dich nicht stören, Petre, so du etwas hören solltest«, sagte mein Vater, indem er ihm das Nachtlicht auf den Tisch setzte; »es sind nur die Ratten, die auf unserem Boden hausen.«

Da entfuhr mir das Wort, das ich im Scherze sagte: »Wir müssen den Hofbauren nur um seinen Fingaholi bitten!«

Auf solches stutzete der Gast und frug: »Was ist das mit dem Fingaholi?«

Und da ich's ihm erzählet hatte, kniff er mit Daumen und Zeigefinger sich seine starken Lippen und sagte: »Der Fingaholi, wie Ihr ihn nennet, junger Mann, ist nur ein Fetisch; aber dem mit unseres Gottes Zulassung die Herrschaft über das Geschmeiß verliehen wurde, ist gar ein anderer und kein leblos und ohnmächtig Bild gleich diesem Heidengötzen oder den papistischen Heiligen.«

Hierauf entgegnete ich, es sei das nur ein alt und schwachsinnig Weib, das diese Dinge hingeredet habe. Er aber wandte sich zu meinem Vater und rief abermalen: »Christiane, Christiane! Siehe zu in der Gemeinde! Und packe den höllischen Gaukelnarren, so du ihn findest, feste bei den Ohren, daß du ihn samt seinem Sauschwanze fundatim exstirpiren mögest!«

In dieser Nacht lag ich gar lange wachend in meiner Bettstatt, sahe durch die Scheiben die schwarzen Wolken über den hellen Himmel fliegen und hörte auf das Brausen, das vom Wald herüberfuhr. Wollte mich fast reuen, daß ich das von dem Fingaholi gegen unsern Gast herausgeredet; denn an die leutselige Art meines lieben Vaters gewöhnet, wollte dessen gewaltige Rede mir nicht allsogleich gefallen, obschon seine geistliche Weisheit und Eifer für das Reich Gottes meine gerechte Ehrerbietung heischeten.

Er selber aber schien indessen eines gar kräftigen Schlafes zu genießen; denn da gegen Morgen draußen das Toben sich geleget hatte, hörte ich durch Böden und Wände von der Gastkammer herauf sein mächtig und ebenmäßig Schnarchen.

In den zweien Tagen, welche Herr Petrus Goldschmidt noch bei uns verblieb, saß selbiger am Vormittage eifrig unter meines Vaters Büchern, wobei er, wenn ich zu ihm eintrat, durch seine prompte Kenntniß der sonderbarsten loci mein gerechtes Staunen herausforderte. Meine Anerbietung, ihm dabei zu dienen, wies er mit einer ruhevollen Bewegung seiner Hand zurück: »Betreibet Euere eigenen studia, junger Mann! Was einer vermag, dazu soll man nicht zweie brauchen!«

Am Nachmittage aber, wenn mein lieber Vater der Ruhe pflegte, nahm er seinen Stock und Dreispitz und wanderte im Dorf umher, redete mit Weibern und Greisen und klopfete die Kinder auf ihre blonden Köpfe, daß am andern Tage schon alles vor die Thüren lief, da er wieder mit seinem tönenden Räuspern nur von fern dahergeschritten kam.

Als sodann am dritten Tage der merkwürdige Mann seinen Gaul bestiegen hatte und davongeritten war, wurde es gar still in unserem Hause. Mein lieber Vater sahe ein wenig müde aus, und meine Mutter sagte scherzend: »Ich muß dich pflegen, Christian; eine so gewaltige und robuste Gottesgelahrtheit ist nicht vor eines jeden Constitution!«

Im Dorfe aber war es wie in einem Bienenstocke, der da schwärmen soll; überall ein Gemunkel, welches nicht laut werden wollte und doch nicht stumm sein konnte; die Älteren redeten wieder von der Hexen, so sie vor zwanzig Jahren in Husum hätten einäschern sehen sollen, der aber die Nacht zuvor in der Fronerei ihr Herr und Meister das Genick gebrochen; aus Flensburg kam einer, der hatte auf dem Südermarkt gehört, die Hexen hätten wieder einmal in der Förde alle Fisch vergiftet; im Dorfe selber wurde Unheimliches auf den und jenen gedeutet; so fast beklommen ich aber aufmerkete, des Hofbauren geschah darunter nicht Erwähnung.

So rückete die Zeit heran, daß auch ich, und auf gar lange, meinen Abschied nehmen sollte. Renate war seit etlichen Tagen bei dem Husumer Küster auf Besuch, und da ich abends vor meiner Abreise auf den Hof kam, war sie noch nicht wieder da. »Ich hätt sie heut erwartet«, sagte der Bauer; »nun wird's wohl morgen werden; da möget Ihr sie unterweges treffen oder in Husum zu dem Küster gehen!«

Mit dem kam die alt Marike mit ihrem langen Strickstrumpf in die Thür, sahe den Bauer fast verstöret an und wollte wieder fort. Der aber rief ihr zu, sie solle heut als wie zum Abschiedstrunke noch eine von den Rheinischen aus dem Keller holen; und die Alte brummelte so etwas für sich hin und lief zur Thür hinaus. Nach einer Weile kam auch die Jungmagd und setzete eine Flasche auf den Tisch; aber der gute Wein wollte mir heut gar übel munden, da wir in dem weiten Gemache so allein beisammen saßen. Nahm deshalben auch bald meinen Abschied und war mir gar seltsam im Gemüthe, da ich aus dem Hause unter die alten Eichen hinaustrat, welche mit ihrem gelben Herbstlaub schon den Grund bestreuet hatten.

Der Hofbauer stund noch und hatte meine Hand gefaßt. »Lebet wohl, Herr Studiosi«, sagte er; »habet nur da draußen recht die Augen offen; und wenn Ihr heimkommet, ich denke, des Hofbauren Thür, die werdet Ihr wohl wiederfinden!«

Er schaute mich mit seinen dunkeln Augen an, als wolle er mich noch zurückhalten oder als habe er noch etwas mir zu sagen. Aber er sprach nichts mehr, und ich ging fort, ohn' Ahnung, daß ich diesen Mann niemalen sollte wiedersehen.

Da ich an diesem Abend meinen lieben Eltern gute Nacht gegeben hatte, öffnete ich mein Kammerfenster und schaute auf das Dorf hinaus. Eine Weile sahe ich nach einem einzeln Lichtschein drüben in des diaconi Hause, bis auch der erlosch; aber mein Gemüthe war voll Unruh, und endlich, da es vom Glockenthurm die eilfte Stunde schlug, war ich schon draußen in der freien Nacht und schritt bald danach über die Bischofshöhe den bekannten Steig hinab.

Es war aber Anfang Octobris, und eine klare Mondhelle stund über der schönen Gotteswelt; der Hof unter seinen düsteren Bäumen lag, als ob er schliefe, in dem mit sanftem Licht erfüllten Erdenraume. Es war so still, daß ich nur das Fallen der Blätter hörte und unterweilen den Schrei eines Hirschen aus dem Wald herüber. Ich horchte nach dem Hause; aber dorten war kein Laut zu hören; dann trat ich unter die Bäume und schaute durch ein Fenster in die große Stube. Dicht vor mir sahe ich die Lehne von Renatens Stuhle ragen; sonst war es still und finster drinnen. Ich konnte gleichwohl nicht von hinnen finden und ging hart an der Mauer und um die Ecke herum, bis wo die Hausthür ist. Dort, in dem tiefen Schatten, regete sich etwas, und ein Freudenschauer überströmete mein Herz; denn obschon ich nichts gewahren konnte, so wußte ich doch, es war das Rauschen ihres Kleides, welches ich vernommen hatte.

»Renate!« rief ich.

Da lagen ein Paar warme Hände in den meinen. »Ich wußte wohl, Josias, daß Ihr kommen würdet!«

Sie horchte noch einmal in die Thür; dann zog ich sie in den hellen Mondenschein hinaus, denn mich verlangte sehr nach ihrem Anblick.

Wir schlossen unsere Hände in einander und schritten so mitsammen über die weite Hofstatt nach dem Flusse zu. Was wir sprachen, mag nicht viel gewesen sein; doch ist mir noch bewußt, wir sahen beid auf unsere Schatten, wie sie vereinet vor uns auf den Rasen fielen, und so das Mondlicht zwischen ihnen Platz gewinnen wollte, neigeten wir uns schweigend zu einander und schaueten darauf hin, wie sie aufs neu in eins zusammenflossen. Dann stunden wir auf der Uferhöhe und sahen schweigend in das Land hinaus und hörten auf das Strömen des Flusses, der darunten mit seinen Wassern nach dem Meer hinabzog.

Da schlug es Mitternacht vom Dorfe herüber; und mit jedem Schlage, auf den wir mit verhaltenem Odem lauschten, schlossen unsere Hände sich fester in einander. »Renate«, sagte ich leise; »das war der letzte Tag.«

»Ja, Josias!« entgegnete sie ebenso.

»Und werde ich dich denn hier noch finden, so ich wieder heimgekommen?«

»Ich denke; wer sollte mich denn holen?«

»Wer, Renate? Versuch es nur, sie nicht mehr fortzustoßen!«

Ich weiß nicht, was mich also zwang zu reden; denn einem Geier gleich hatte plötzlich die Angst der Eifersucht mich überfallen. Sie aber warf das Köpfchen in den Nacken, daß das Gold auf ihrem Käpplein glitzerte.

»Was redet Ihr, Josias!« sprach sie. »Mit denen Lümmeln hab ich nichts zu schaffen; sie mögen kommen oder nicht!«

Das war nun wohl ein hoffärtig Wort; und müßte doch lügen, daß es sich mir derzeit nicht wie Balsam auf mein Herz geleget.

Aber es kam itzt ein anderes, das solche Gedanken jählings von mir nahm.

Wir stunden nämlich, da wir solches sprachen, vor dem großen Scheunenthor, welches fast taghell vom Mond beleuchtet war. Vor etlichen Wochen hatte ich dort unter Peitschenknall den schweren Gottessegen einfahren sehen; nun lag alles da in großer Stille.

Und doch; oder hatte mich mein Ohr getäuscht? Da drinnen in der Scheuer rührete es sich; Renatens Hand zuckte in der meinen, und ihre Augen starreten; und itzt, gleich einem breiten grauen Schatten, quoll es unter dem Scheunenthor herfür, immer mehr und mehr, als ob's von unhörbarem Peitschenschlag getrieben würde. Das rannte, daß wir kaum die Füße wahreten, an uns vorbei und über die bethaueten Wiesen nach dem Fluß hinab; und weiß ich nimmer, wo es in der Nacht verschwunden blieb.

Wohl merkte ich, wie Renate am ganzen Leibe bebte; ich aber schwieg lange Zeit, denn was meine Augen hier gesehen, das konnte ich fürder nicht vor mir verleugnen. Endlich sagte ich: »Das war gar wunderbar, Renate; du bist gar sehr erschrocken!«

Da richtete sie sich auf und sprach: »Die Ratten machen mich nicht fürchten, die laufen hier und überall; aber ich weiß gar wohl, was sie von meinem Vater reden, ich weiß es gar wohl! Aber ich hasse sie, das dumm und übergläubig Volk! Wollt nur, daß er über sie käme, den sie allezeit in ihren bösen Mäulern führen!«

Wegen solcher Rede entsetzete ich mich arg, denn das Mädchen hatte dräuend ihre kleine Faust zum Himmel aufgehoben. »Renate!« rief ich, »Renate!«

»Ja, ja; ich wollt es!« sprach sie wieder. »Aber er ist unmächtig; er kann nicht kommen!«

Ich hatte ihre erhobene Hand herabgezogen. »Berufe ihn nicht, Renate«, rief ich; »bete zu Gott und unserem Heiland, daß sie ihn von dir halten! Aber es ist der Geist des Husumer Atheisten, der aus deinem jungen Munde redet.«

»Atheist?« frug sie. »Ich kenne das Wort nicht; wen wollt Ihr damit schelten?«

Was Art Erklärung ich ihr hierauf gegeben, entsinne mich nicht mehr. Aber sie schüttelte nur den Kopf und sagte traurig: »Und unser arm alt Mariken, das haben sie mir nun auch allganz verwirret, daß schier nicht mehr mit ihr zu hausen ist! Es wird gar einsam werden, wenn auch Ihr nicht mehr kommt, Josias.«

Ich nahm ihr Antlitz in meine beiden Hände, und da ich es gegen das volle Mondlicht wandte, sahe ich, daß es sehr blaß wer und ihre Augen voll von Thränen stunden. Da konnte ich es nicht lassen, daß ich sie an mich zog; und sie duldete es und legte ihren Kopf, als ob sie müde sei, in meinen Arm und sahe zu mir auf, als ob sie also ruhen möchte.

Im selbigen Augenblick aber wurde aus der Tiefe des Hauses, so daß ich schier davor erschrak, mit einer angstvollen und stöhnenden Stimme ihr Namen wiederholentlich gerufen.

»Mein Vater! Mein armer, lieber Vater!« stieß sie da herfür. Dann fühlte ich ihre Arme um meinen Hals und einen warmen Kuß auf meinem Munde. »Leb wohl, Josias! Lieber Josias, lebe wohl!«

Und da sich dann von innen auch die Hausthür schloß, so stund ich alleine auf der Hofstatt und hörete wieder nur den Fall des Laubes und den leisen nächtlichen Gesang der Wasser. Aber das unheimlich Wesen, das vorhin ich hatte tagen sehen, lag noch gleich einem Schauder auf mir und stritt wider meines jungen Herzens Seligkeit.

Am andern Morgen, da ich von meinen lieben Eltern Abschied genommen hatte und schon auf den Wagen steigen wollte, kam der blasse Schneider angelaufen, bittend, er solle zur Stadt zum Ellenkrämer, ob er mit dem Jungherrn die Gelegenheit benützen dürfe. Hatte also einen Reisegefährten; dazu einen, dem allezeit das Maul überlief, während ich doch lieber mit meinem bedrängten Herzen allein dahingefahren wäre. Wickelte mich auch in meinen Mantel und hörete nur halb im Traum, wie seine unruhige Zunge in allem Unholden rührete, was die letzte Zeit unter den Dorfleuten war im Schwang gewesen.

Als wir aber eben von der Sandgeest in die Marsch hinunterfuhren, hub er an und mochte wohl wissen, daß er damit sich Gehör erwerbe. »Ja, Jungherr«, sprach er; »Ihr kennet ihn ja besser als wie ich, den fremden Pastor; aber das ist einer, so ein Allerweltskerl! Auch dem alt Mariken auf dem Hofe hat er das Maul aufgethan. Ihr habet wohl gesehen, Jungherr, wie dem Bauren allzeit der eine Strumpf um seine Hacke schlappet! Hat immer schon geheißen, er dürfe nur ein Knieband tragen, sonst sei es mit all seinem Reichthum und mit ihm selbst am bösen Ende; möcht Euch aber gerathen haben, rühret nicht daran; denn da mich eines Tages der Fürwitz plagte, fuhr er mir übers Maul: ›Ja, Schneider‹, sprach er, ›das eine hat die Katz geholt; willt du das ander haben, um deinen dürren Hals daran zu henken?‹«

Als ich entgegnete, daß ich dergleichen an des Bauren Strümpfen nicht gesehen, meinte er: »Ja, ja; Ihr kommet nur des Sonntags auf den Hof, da trägt der Bauer seine hohen Stiefeln!«

Da sich das in Wahrheit also verhielt, so schwieg ich; der Schneider schob sich einen Schrot Tabak hinter seine magere Wange und sagte, seinen Hals zu meinem Ohre reckend: »Es liegen wohl oftmalen zwei der Strumpfbänder vor seinem Bette; aber der Bauer hütet sich; er weiß es wohl, wer ihm das zweite hingelegt! Die alt Marike hat zwar versucht, die Strümpf ihm enger zu stricken, damit sie nicht herunterfallen; aber wenn sie dran kommt – sie hat's mir gestern selbst erzählt –, so tanzet es ihr wie Fliegen vor den Augen oder wimmelt wie Unzeug über ihren alten Leib. Will auch wohl scheinen, als ob dem Ihr wisset, wen ich meine, Jungherr das Spiel schon allzu lange währe; denn der Bauer hat nächtens oft harte Anfechtungen zu bestehen, daß er in seinem Bett nicht dauern kann; es wälzet sich was über ihn und dränget ihm den Odem ab; dann springt er auf und wandert umher in seinen finsteren Stuben und schreit nach seinem Kinde.«

Als ich bei diesen Worten mich in meinem Sitze aufhub, sagte der Schneider: »Ich weiß, Jungherr, Ihr habet vielen Aufschlag gehabt mit dem Mädchen; wüßt auch kein

Unthätlein an ihr, als daß sie gar stolz thut gegen unser einen; mag aber auch besser zu Euresgleichen passen!«

Der Mann redete in solcher Art noch lange fort, obschon ich fürder mit keinem Wörtlein ihn ermunterte. War aber eine üble Wegzehrung, welche ich also mitbekommen. Zwar sagte ich mir zu hundert Malen: es war ein Schwätzer, der dir solches zutrug, so einer, der die schwimmenden Gerüchte sich fetzenweise aus der Luft herunterholet, um seinen leeren Kopf damit zu füllen; wollte aber gleichwohl der bittere Schmack mir nicht von meiner Zungen weichen.

1706. In Anbetracht meiner Studien zu Halle will hier nur anmerken, daß ich dort manche hochberühmte Theologos und andere zu meinem Zwecke arbeitende Männer hörte und deren collegia gewissenhaft frequentirte, so daß ich hoffen durfte, in kurzem eine solide systematische Erudition mir anzueignen. Spürete auch kein Verlangen, meinen schwarzen Habit, so ich vor meiner Abreise mir von dem blassen Schneider hatte anmessen lassen, aufs neu mit einem rothen zu vertauschen.

Nur unterweilen, zumal wenn ich zum abendlichen Spaziergange dem Ufer der Saale entlang wandelte, wenn die Wasser sich rötheten und ihr sanftes Strömen an mein Ohr klang, überfielen mich wohl schwere sehnende Gedanken nach der Heimath; und wenn dann im Südost der Mond emporstieg und mit seinem bleichen Licht die Gegend füllte, so sahe ich in jedem düstern Fleck den Hof am fernen Treeneflusse, und mein Herz schrie nach dem Mädchen, so ich dort verlassen hatte.

Nach einem solchen Gange, da schon ein Jahr verflossen und wiederum der Herbst sein rothes Laub verstreuete, kam ich eines Abends heim auf meine Kammer, und da ich das Licht mir angezündet, fand ich einen dicken Brief mit meines lieben Vaters Handschrift auf dem Tische liegen. Ich brach das Siegel, und meine Hände zitterten vor Freude; denn auch meine Mutter pflegte stets ein Blättlein anzulegen, und wenn auch nur ein kurz und unterlaufend Wörtlein von Renaten drinnen stand, so konnt ich's wohl zu hundert Malen lesen. Aber das Schreiben, so ich gleich den wenigen, welche ich noch von dieser verehrten Hand erhalten sollte, getreulich aufbewahret, war allein von meinem Vater und lautete nach viel herzlichen Worten, wie hier folget:

»Was aber die Gemeinde in solche Wirrniß setzet, daß selbst mein mahnend Wort nur kaum gehöret wird, das darf auch Dir, mein Josias, nicht gar verschwiegen bleiben.

Es war am letzten Sonnabend, da ich nachmittages an meiner Predigt saß, als der Höftmann Hansen mit ungestümen Schritten zu mir eintrat. ›Was habt Ihr, Höftmann?‹ sagte ich: ›Ihr wisset, daß ich um diese Zeit ungern gestöret bin.‹

›Ja, ja, Herr Pastor‹, sprach er; ›wisset Ihr's denn schon? Fort ist er und wird nicht wiederkommen!‹

Und da ich schier erschrocken nachfrug: ›Wer ist denn fort?‹, entgegnete er: ›Wer anders als der Hofbauer! Hab's mir schon lang gedacht, daß es so kommen müsse!‹

›So sprecht, Höftmann‹, sagte ich und schob mein Schreibewerk zurück; ›was ist's mit dem?‹

›Weiß nicht, Herr Pastor; aber ein Stöhnen und Ramenten haben die Mägde nachts von seiner Kammer aus gehört; doch da die Tochter nicht daheim ist, so hat keine sich hinein getrauet; erst als die alt Marike aufgestanden, haben sie der sich an den Rock gehangen. Ist auch ein groß Geschrei geworden, da sie in die Kammerthür getreten; denn als sei die ganze Bettstatt umgestürzet, so hat alles, Pfühl und Kissen, über den Fußboden hin verstreut gelegen; das alte Weib aber ist auf ihren Knien in dem Wust umhergerutschet, hat darin umhergefunselt und jedes Häuflein Bettstroh sorgsam aufgehoben, als wolle sie darunter ihren Bauren suchen, von dem doch keine Spur zu finden war.‹

›Nun, Höftmann‹, sagte ich fürsichtig; ›es ist noch früh am Tage; der Hofbauer wird schon wiederkommen.‹

Der aber schüttelte den Kopf: ›Herr Pastor, es ist schon über eine Stunde Mittag.‹

Da ich dann erfuhr, daß die Tochter wieder einmal bei dem Küster und Klosterprediger Carstens in Husum auf Besuch sei, so vermochte ich den Höftmann, ihres Vaters Wagen mit Botschaft nach der Stadt zu schicken. Aber schon um drei Uhr ist sie von selber wieder auf dem Hof gewesen; und hat es die Weiber, welche dort zusammengelaufen, schier verwundert, daß das Mädchen, so doch kaum achtzehn Jahre alt, so schweigend zwischen ihnen hingegangen und nicht geweinet, noch eine Klage um den Vater ausgestoßen; nur ihre Augen seien noch viel dunkler in dem blassen Angesicht gestanden. In den alten Bäumen so wird erzählet habe es von den Vögeln an diesem Tag gelärmet, als seien alle Elstern aus dem ganzen Wald dahin berufen worden.

Das Mädchen hat aber fürgeben, ihr Vater müsse auf dem Moor bei seinem Torf verunglückt sein, wo er die letzten Tage noch habe fahren lassen; da sie jedoch außer ihren beiden Knechten noch Leute aus dem Dorf hat aufbieten wollen, so sind nur gar wenige ihr dahin gefolget, denn sie fand keinen Glauben mit ihren Worten, und auch die Wenigen sind schon vor Dunkelwerden heimgekehret; denn bei den Torfgruben sei vom Bauer keine Spur zu finden, und sei das Moor zu unermeßlich groß, um alle Sümpf und Tümpel darin durchzusuchen.

Als nun der allmächtige Gott Wald und Felder und auch das wüste Moor mit Finsterniß gedecket, ist der Schmied Held Carstens, der seine Schwiegermutter, so ihrer Tochter in den Wochen beigestanden, nach Ostenfeld zurückgebracht, um Mitternacht am Rand des Waldes wieder heimgefahren. Der Mann hat sein alt treuherzig Gespann am Zügel gehabt und ist schier ein wenig eingenicket; da aber die sonst so frommen Gäule plötzlich unruhig worden und mit Schnauben nach der Waldseite zu gedränget, so hat er sich ermuntert und ist nun selber schier erschrocken; denn drüben auf dem Moore hat aus der Finsterniß ein Schein gleich einem Licht gezucket; das ist bald still gestanden, bald hat es hin und her gewanket. Er hat gemeinet, daß die Irrwisch ihren Tanz beginnen würden, hat aber als ein beherzter Mann während dem Fahren noch mehrmals hingesehen, und da es letztlich näher kommen, ist eine dunkle Gestalt ihm kenntlich worden, so neben dem Irrschein zwischen den schwarzen Gruben und Bülten umgegangen. Da hat er ein still Gebet gesprochen und auf seine Gäule losgepeitschet, damit er nur nach Hause komme. Am andern Morgen in der Frühe aber haben die Leute drunten an der Straße des Hofbauren Tochter ohne Kappe, mit zerzausetem Haar und eine zertrümmerte Laterne in der Hand, langsam nach ihres Vaters Hofe zuschreiten sehen.

Als ich am Vormittage dann dahin ging, wie es meine Amtspflicht heischet, vernahm ich, daß sie abermalen mit ihren Knechten nach dem Moor hinaus sei; da ich aber spät am Nachmittage wiederkam, trat sie in schier zerrissenen und besudelten Kleidern mir entgegen und sahe mich fast finster aus ihren dunkeln Augen an. Ich wollte sie auf den verweisen, ohn dessen Hülf und Willen all unsre Kraft nur eitel Unmacht ist; allein sie sprach: ›Habet Dank, Herr Pastor, für die gute Meinung; aber es ist nicht Zeit zu dem; schaffet mir Leute, so Ihr helfen wollet!‹ Was ich entgegnete, hörte sie schon nicht mehr; denn sie war nach Leitern und Stricken mit ihren Knechten der Scheune zugegangen. Auf dem Heimweg, den ich also nothgedrungen antrat, glückte es mir, ihr ein paar junge Burschen nachzusenden; und auf Deiner guten Mutter Zureden, dem jungen Blut zum Troste, wie sie meinte, hat auch unsere Margreth sich denselben angeschlossen. Diese verständige und, wie auch Dir bekannt, in keine Wege schreckbare Person ist jedoch am späten Abend mit wankenden Knien und verstürzetem Antlitz wieder heimgekommen. Das Suchen nach dem verlorenen Mann so berichtete sie, alsbald sie ihres Odems wieder Herr geworden sei ganz umsonst gewesen. Aber da endlich alle jungen Knechte schier verdrossen fortgegangen und Margreth mit dem Mädchen, das nicht wegzubringen gewesen, nun dorten ganz allein verblieben, so ist mit Dunkelwerden ein Irrwisch nach dem andern aus dem Moore aufgeduket und ein Gemunkel und Geflimmer angegangen, daß sie das Blänkern des Wassertümpels habe sehen können, an welchem dieser gräueliche Tanz sich umgedrehet. Lasse das dahingestellet. Es ist aber noch ein anderes geschehen, und will Dir zuvor ins Gedächtniß bringen, daß wir unsre Margreth auf einer Lügen niemals noch betreten haben.

Als nämlich die Irrwisch so getanzet, hat des Bauren Tochter gleich einer stummen Säulen darauf hingeschaut; da aber Margreth sie bei der Hand gezogen, daß sie schleunig mit ihr heimgehe, hat sie plötzlich überlaut um ihren Vater gejammert und wie in das Leere hinein geschrien, ob ihr etwas von ihm Kunde geben möchte. Und hat es darauf eine kurze Weile nur gedauert, so ist aus der finsteren Luft gleich wie zur Antwort ein erschreckliches Geheul herabgekommen, und es ist gewesen, als ob hundert Stimmen durch einander riefen und eine mehr noch habe künden wollen als die andere.

Da hat die Alte Gott und seine Heerscharen angerufen, hat aber das Mädchen, als ob es angeschmiedet gewesen, mit ihren starken Armen nicht vom Platze bringen können, als bis das Toben über ihnen, gleich wie es gekommen, so wieder in der Finsterniß verschollen war.

Wenn Dich, mein Josias, schmerzet, was ich hier hab schreiben müssen, da des Mädchens irdische Schönheit, wie mir wohl bewußt, Dein unerfahren Herz bethöret hat, so gedenke dessen und baue auf ihn, welcher gesprochen: ›Wer sein Leben verlieret um meinetwillen, der findet es.‹ Und sinne diesem nach, daß Du das Rechte wählest!

Will dann zum Schlusse noch Erwähnung thun, daß unser Gastfreund Petrus Goldschmidt, welchen in meiner geistlichen Bedrängniß wegen obbemeldter Dinge ich mir vielmals hergewünschet, letzthin zum Superintendenten in der Stadt Güstrow, sowie ob seiner Gelahrtheit und Verdienste um das Reich Gottes von der... (die Handschrift ist hier unleserlich) Fakultät zum Doctor honoris causa ist creiret worden.«

Also lautete meines lieben Vaters Brief. Und will hier nicht vermerken, was Herzensschwere ich davon empfangen, wie ich in vielen schlaflosen Nächten mit mir und meinem Gott gerungen, auch gemeinet, ich könne nicht anders, als daß ich heim müsse, um der Armen Leib und Seel zu retten, und wie dann immer das erwachend Tageslicht mir die Unmöglichkeit für solch Beginnen klargeleget.

Aber, wie die Rede ist, es sei das eine Leid ein Helfer für das andre, so geschahe es auch mir. Denn noch vor dem heiligen Christfeste empfing ich von meiner Mutter einen Brief, daß mein lieber Vater mit unvermutheter Schwachheit befallen sei und selbige allen gebrauchten irdischen Mitteln entgegen ihn fast sehr entkräftet habe; und dann nach wenig Wochen einen zweiten, der mich drängte, meine Studien zu vollenden, da der theuere und getreue Mann nicht lang mehr selber seines Amtes werde warten können.

Solche mein Herz aufs neu erschütternde Nachrichten trieben mich früh und spät zu strenger Arbeit, und wurd ich bald auch dessen inne, daß ich nur so den Weg zur Heimkehr kürzen könne.

1707. Es währete doch noch bis gegen den März des beigefügten Jahres, daß ich als ordinirter Adjunctus meines Vaters in meiner lieben Eltern Hause eintraf. Nur noch zum Troste, nicht zur Freude; denn ich fand meinen Vater auf seinem Siechbette, von dem ich wohl sahe, daß er nach Gottes allweisem Rathschluß nicht mehr erstehen solle. Da er nun in den Tagen, die er als seine letzten wohl erkannte, seines einzigen Kindes nicht entbehren mochte, so hatte ich niemanden aus dem Dorfe noch gesehen; auch Renaten nicht. Meine Eltern itzt nach ihr zu fragen, trug ich billig Scheu, und so hörete ich nur noch einmal von unserer alten Margreth, was ich in meines Vaters Briefe schon gelesen hatte.

Es war aber am Sonntage Reminiscere, an welchem ich zum ersten Male für meinen lieben Vater predigen sollte. Er hatte das heilige Abendmahl seit lange nicht ertheilen können, und so hatten viele sich gemeldet, um es bei seinem Sohne zu empfangen. Dachte auch, Renate würde unter ihnen kommen; aber sie kam nicht.

Die Nacht zuvor, in welcher mit meiner lieben Mutter ich die Krankenwacht getheilet, hatte der Sturm gar laut gebraust; nun aber lag alles in der lichten Morgensonne, und eben, da ich in den Kirchhof eintrat, scholl mir gleich Auferstehungsgruß ein Drosselschlag vom Wald herüber. Und währete es nicht lange, so stund ich in der Kirchen vor dem Altar und sprach aus inbrünstigem Herzen das »Ostende nobis, Domine, misericordiam tuam«; und die Gemeinde respondirte andächtig: »Et salutare tuum da nobis!« »Ja, Gott Vater«, sprach ich leise nach, »dein Heil schenke uns; und auch ihr, für die ich hier im Staube zu dir flehe!« Und da itzt der Gesang anhub: »Benedicamus Domino«, wobei die rauhen Kehlen der Männer mit darein sangen, da schwamm gleich einem silbern Lichtlein ein Ton dazwischen, der leuchtete hinab in mein bekümmert Herz; denn ich wußte, welche Stimme ich gehöret hatte.

Also in fast freudigem Muthe erstieg ich die Stufen zu der Kanzel, und da ich die Augen aufhub, sahe ich gegenüber in dem Emporstuhl ein blasses Angesicht, das ich des Gitters ohnerachtet wohl erkennen mochte. Da hub ich meine Predigt an: »Und siehe, ein kananäisch Weib schrie ihm nach: ›Ach, Herr, du Sohn Davids, erbarme dich meiner; meine Tochter wird vom Teufel übel geplaget!‹, und er entgegnete ihr kein Wort. Da aber die Jünger sprachen: ›Laß sie von dir, Herr; denn sie schreiet uns nach‹, antwortete er und sprach: ›Ich bin nicht gesandt, denn nur zu den verlorenen Schafen von dem Hause Israel!‹« Und mein Herz schwoll mir, und das Wort kam auf meine Lippen; was ich daheim für meine Predigt angemerket, war nur ein Staub, darüber meine Seele sich erhob, und meine Rede ging hervor einem Strome gleich aus heiligen Quellen. In der vollen Kirchen war kaum eines Odems Leben; Männer und Greise sahen zu mir auf, und die Weiber in ihren Gestühlten saßen mit betendem Angesicht. Neben mir in dem Stundenglase verrann der Sand; aber ich merkte es nicht und wußte nicht, wie ich an das Ende meiner Rede kam: »Herr, Herr! Locke sie mit deiner lieblichen Stimme: denn ein Tisch steht bereitet, wo sie dich empfahen mögen und dein Heil und deine Gnade. Amen.«

Und da ich nach dem Vaterunser einen Blick gegenüber nach dem Gitter warf, sahe ich in dem blassen Angesicht die großen dunkeln Augen starr auf mich gerichtet.

»Mit deiner Stimme, Herr, o locke sie!« So betete ich nochmals und schritt dann hinab in die Sacristey, um mit dem feierlichen Meßgewand mich zu bekleiden, so derzeit noch gebräuchlich war.

Da ich dann vor den Altar trat, brannten auf selbigem schon die Kerzen in den großen Leuchtern, und aus den Gestühlten drängten sie sich heran, Mann und Weib, Alt und Jung; doch indeß ich den Leib des Herrn austheilete und den Kelch an aller Lippen reichte, rief es unaufhörlich in meinem Herzen: ›Herr, bringe auch sie, auch sie zu deinem Tische!‹ Aber über dem Gesang der Gemeinde schwebte noch immerfort der silberne Ton ihrer Stimme. Da plötzlich, als schon die Letzten sich dem Altar naheten, verstummte er, und ich vernahm einen leichten Schritt die Stufen des Emporstuhles herabkommen. Aber noch waren andre, so auch des Heils begehrten; ein Greis und eine Greisin, von ihren Enkeln unterstützet, kamen herangewankt und schauten mit blöden Augen zu mir auf; und da ich ihnen den Kelch bot, vermochten ihre zitternden Lippen den Rand desselben kaum zu fassen.

Sie wurden hinweggeführet; und dann stund sie, Renate, vor mir; blaß und mit gesenkten Augen, in schwarz Gewand gekleidet, ein schwarzes Käpplein auf den braunen Haaren. Nach fast zwei Jahren sahe ich sie hier zum ersten Male wieder; ich zögerte, denn mein Herz wallete mir über; und indem ich dann die Hostie aus der Patene nahm und zwischen ihre Lippen legte, betete ich: »Herr, mache meine Seele heilig!« Dann erst sprach ich: »Nimm hin! Dies ist mein Leib, der für euch gegeben wurde!«

Ich wandte mich zum Altare und nahm den Kelch. Da ich aber selbigen an ihre Lippen brachte, sahe ich, wie ihr schönes Antlitz sich verzog und wie sie schauderte ob dem Trunke, der darinnen war. Da sprach ich die Einsetzungsworte: »Das ist mein Blut, das für euch vergossen wurde!« Und sie neigete ihr Antlitz in den fast geleerten Kelch; ob ihre Lippen ihn berühret, vermochte ich nicht zu sehen. Da ich aber aus weß Ursach, vermag ich nicht zu sagen auf die Seite blickte, gewahrete ich die Hostie in dem Schmutz des Fußbodens; ihre Lippen hatten sie verschmähet, und die Spitze ihres Schuhes trat das Brot, so als den Leib des Herren sie empfangen hatte.

Mein Gebein erzitterte, und fast wäre der Kelch aus meiner Hand gestürzet. »Renate!« rief ich leise; in Todesangst brach dieser Ruf aus meinem Munde: »Renate!«

Wohl sahe ich, daß ein Zittern über die schöne Gestalt des Mädchens hinlief; dann aber, ohne aufzusehen, ihr weißes Sacktuch in die Hände pressend, wandte sie sich ab, und bei dem Schlußgesange der Gemeinde sahe ich sie langsam den langen Steig hinabschreiten.

Wie ich mein Meßgewand abgeleget und in meiner Eltern Haus zurückgekommen, vermöchte ich kaum zu sagen; wußte nur, als ich daheim an meinem Pulte stand, daß auch wohl ein junger Prediger, der ich war, nicht mit also ungestümen Schritten über den Kirchsteig hätte dahinstürmen sollen. An meines Vaters Krankenbette vermochte ich itzo nicht zu treten; ich stützte den Kopf in beide Hände, und mit geschlossenen Augen spähete ich nach dem Weg der Pflicht, den ich zu gehen hatte.

Aber nur eine kurze Weile; dann schritt ich den wohlbekannten Fußsteig nach dem Hof hinab. Wieder, wie vor Jahren, schrien die Elstern oben in den Bäumen; und da ich links vom Flur in das Zimmer eingetreten war, schien es mir weiter und einsamer, als ich es zuvor gesehen. Dennoch hatte ich Renaten sogleich erblickt; sie saß drüben auf ihrem Platz am Fenster, den Kopf gesenkt, die Hände vor sich hin gefaltet. Da ich dann näher trat, erhub sie sich langsam, als ob sie müde sei; und in dem langen schwarzen Gewande, das sie itzo trug, erschien sie mir größer und fast gleich einer Fremden. Als ich aber stehen blieb und sie mit ihrem Namen anredete, rief auch sie: »Josias!« und streckte beide Arme gegen mich.

War es die Liebe, so Gott zwischen Mann und Weib gesetzet, die aus ihrer Stimme klang, oder war es ein Hülferuf, ich vermochte das nicht zu erkennen; aber ich zog sie nicht an meine Brust, wozu mein Herz mich mit gewaltigen Schlägen drängte, sondern beharrete auf meinem Platz und sprach: »Du irrest, Renate; es ist nicht Josias, es ist der Priester, der hier vor dir stehet.«

Da ließ sie die Arme sinken und sagte dumpfen Tones: »So sprecht! Was habt Ihr mir zu sagen?«

Und wie sie mich itzt aus dem ernsten Antlitz mit ihren großen Augen ansah, da schrie es in mir auf: ›Du kannst sie nimmer lassen; in diesem Weibe ist all dein irdisch Glück!‹ Aber ich rief zu meinem Gott, und er half mir, bei meinem heiligen Amte die weltlichen Gedanken in die Tiefe bannen.

»Renate!« sprach ich; »wer war es, der dich zu der Todsünde versuchte, daß du den Leib des Herrn von deinen Lippen spieest? Nenne seinen Namen, daß wir mit Gottes Engeln ihn besiegen!«

Aber sie wiegete nur das Haupt. »O die armen alten Leute!« rief sie. »Ich weiß, es war eine Sünde! Aber da ich ihr Antlitz sahe, von den greisenhaften Gebresten so ganz entstellt, da schauderte mich, daß ich mit ihnen aus einem Kelche trinken sollte, und die heilige Hostie entfiel meinen Lippen in den Staub. Bete für mich, Josias, daß ich dieser Schuld entlastet werde!«

Ich glaubte ihren Worten nicht. ›So‹, dachte ich, ›will der Versucher dir entrinnen‹, und sprach laut: »Vor einem Schenkenglase mag dir ekeln; aber der Kelch des Herrn ist rein für alle, denen er geboten wird! Ein höllisch Blendwerk hat dein Aug verwirret; und es kommt von dem, mit welchem auch dein Vater sein unselig Spiel getrieben, bis Leib und Seele ihm dabei verloren worden.«

Bei diesen meinen Worten stürzete sie auf ihre Kniee und hub die Arme auf und schrie: »Mein Vater, o mein armer Vater!«

»Ja, schreie nur um ihn, Renate!« sprach ich. »Und möge unseres Gottes Allbarmherzigkeit in seinen tiefen Pfuhl hinunterleuchten!«

Sie sahe zu mir auf und sprach mit fester Stimme: »Die wird ihm leuchten, Josias, so gut wie allen andern, die ein jäher Tod ereilet!«

Ich aber rief: »Das ist des Teufels Hochmuth, der von deinen Lippen redet! Demüthige dich gegen den, bei dem alleine Rettung ist, und schütte dein Herz aus vor mir, der hier stehet an seiner Statt!« Und da sie hierauf schwieg, so sprach ich weiter: »Da du mit unserer alten Margreth nächtens auf dem Moore gingest, wen hast du angerufen, daß er dir von deinem Vater Kunde brächte, und was war es, das aus der leeren Luft herab mit schrecklichem Geheul dir Antwort gab?«

»Ich weiß von keinem Geheul«, entgegnete sie; »aber du, Priester Gottes« und ein trotzig Feuer brannte in ihren schönen Augen –, »so ich wüßte, daß dort Kunde wär, zur Stund noch ging' ich und schriee meine Noth ins Moor hinaus und fragete nicht viel, von wannen mir die Antwort käme!«

»Renate!« rief ich. »Exi immunde spiritus!« und spreizete beide Hände ihr entgegen. »Bekenne! Bekenne! Mit welch argen Geistern hast auch du dein Spiel getrieben?«

Sie hatte sich vom Boden aufgerichtet; und da ich sie anschaute, war ein kalter Glanz in ihren Augen. Sie strich mit den Händen über ihr Gewand und sagte: »Ich verstehe nicht, was Ihr redet; aber mir ist, als sei das große Gemach hier so düster, wie es nimmer noch gewesen.« Und da in diesem Augenblicke an die Thür gepocht ward, welcher ich den Rücken wandte, und selbige sich aufthat, setzete sie hinzu: »Tretet näher, Margreth! Euer Herr ist hier!«

Ich aber wandte mich um und sahe unsre alte Margreth vor mir stehen; die schaute mich gar ernsthaft an und sprach nach einer Weile: »Kommet heim, Herr Josias; denn Euer lieber Vater will nun sterben, und ihn verlangt nach einem letzten Wort mit Euch.«

Da war mir, als bräche der Boden unter mir zusammen, und ich verließ Renaten und eilete nach meines Vaters Sterbekammer. Da ich eintrat, saß er laut redend in seinen Kissen, aber seine Stimme däuchte mir fremd, gleich als hätt ich nimmer sie gehöret.

»Es ist dein Großvater, von dem er redet«, raunete mir meine Mutter zu.

»Er sieht mich nicht, Mutter!« entgegnete ich leise.

»Nein, Josias, er ist bei denen, die ihm zu Gottes Thron voraus gegangen.«

Und mein Vater sahe mit glänzenden Augen vor sich hin und redete weiter: »Lang, gar lange habe ich für ihn gepredigt Josias thäte das gar gerne auch für mich –, denn er wurde sehr alt; sein leiblich Augenlicht war erloschen, und der Schall der Welt drang nur verworren noch zu seinem Ohre. Aber da er seine Stunde nahen fühlte, hieß er mich und meine Schwestern ihn in die Kirche führen, und wir geleiteten ihn auf die Kanzel. Da wandte er sein Antlitz rings umher und grüßte unmerklich mit der Hand; und sein silbern Haar hing über seine blinden Augen. Er meinete, es sei Sonntag und die Gemeinde sei versammelt. Er irrte; die Schwestern waren oben an seiner Seiten, und drunten war nur ich allein. Aber der Greis auf der Kanzel erhub seine Stimme, und sie scholl stark in der leeren Kirchen; denn er nahm Abschied und redete erschütternd zu allen, die hier nicht zugegen waren.«

Der Kranke hatte die Arme über das Deckbett hingestrecket, und sein abgezehrtes Antlitz leuchtete wie von innerem Lichte. »Ja, mein Vater«, rief er, »aus der Ewigkeit herüber höre ich deine Stimme, wie du sprachest: ›Und so wie einst herauf, so führe an deiner Hand mich jetzt hinab von dieser Stätte! Aber, mein Gott und Herr, du hellest das Dunkel vor mir; gleich meinen Vätern werden Sohn und Enkelsöhne von deinem Stuhle aus dein Wort verkünden. Laß sie dein sein, o Herr! Nimm ihren schwachen Geist in deiner Gnaden Schutz!‹«

Nach diesen Worten schwieg mein lieber Vater; und als nun meine Mutter ihre Arme um ihn schlang, da sank sein Haupt zurück auf ihre Schulter. Aber er erhub es wieder; und da sie zu ihm redete: »Mein Christian, spare deine Kräfte und ruhe nun«, da schüttelte er leise mit dem Haupt und sagte nur: »Nachher, nachher, Maria!« Dann sahe er liebevoll, aber mit fast flehentlichen Blicken zu mir auf und sprach langsam und wie mit großer Mühe: »Du kommst vom Hof, Josias; ich weiß es. Der Bauer ist nicht mehr, und möge Gott ihm ein barmherziger Richter sein aber seine Tochter lebt! Josias, das rechte Leben ist erst das, wozu der Tod mir schon die Pforten aufgethan!«

Die Hand des Sterbenden haschete ins Leere nach der meinen, und da ich sie ihm gegeben, hielt er sie sehr fest in seinen magern Fingern.

Noch einmal begann er: »Wir sind ein alt Geschlecht von Predigern; die ersten von den Unsern saßen zu Dr. Martini und Melanchthons Füßen. Josias!« er rief meinen Namen, daß es gleich Schwertesschnitt durch meine Seele ging »vergiß nicht unseres heiligen Berufes! Des Hofbauren Haus ist keines, daraus der Diener Gottes sich das Weib zur Ehe holen soll!«

Der Odem des Sterbenden wurde stärker; aber seine Stimme sank zu einem Flüstern, und da wir lautlos horchten, kamen wie fernhin verhallend noch die Worte: »Versprich das Irdische ist eitel –«

Darauf verstummete er ganz; seine Finger löseten sich von meiner Hand, und der Friede des Herrn ging über sein erbleichend Angesicht. Ich aber neigete mich zu dem Ohr des Todten und rief: »Ich gelobe es, mein Vater! Mög die entfliehende Seele noch deines Sohnes Wort vernehmen!«

Da sahe meine Mutter mich voll Mitleid an; dann zog sie das Laken über das geliebte Todtenantlitz, fiel an dem Bette nieder und sprach: »Gott gebe uns selige Nachfolge und sammle uns wieder in der frohen Ewigkeit.«

Als meines lieben Vaters Grab geschlossen war, kamen noch mehr der ersten Frühlingstage; von dem Strohdach unseres Hauses tropfete der Schnee herab, und die Vögel trugen den Sonnenschein auf ihren Schwingen; aber das Schöpfungswort: »Es werde Licht!« wollte sich noch nicht an mir bewähren. Da geschahe es am Sonntage danach, nachmittages, daß ich von dem Dorfe Hude auf dem Fußsteig nach Schwabstedte zurückging; ich war in meiner Amtstracht, denn ich hatte einen Kranken mit den Tröstungen unserer heiligen Religion versehen. Die ersten Tage meines Amtes waren schwer gewesen, und ich ging dahin in tiefem Sinnen.

Unweit vom Dorfe aber schneidet ein Bach den Weg, der aus dem Walde zu dem Treenefluß hinabgeht. An selbigem pflegen die Vögel sich zu sammeln, welche das Wasser lieben, und war auch itzt von Finken und Amseln hier ein fröhlich Schallen, als wollten sie schon des Maien Ankunft melden. Und so von des Ortes Lieblichkeit gehalten, schritt ich nicht über den Steg, der von dem Fußweg hinüberführet, sondern ging diesseits ein paar Schritte an den Wald hinauf und setzete mich an das Ufer, wo sich der Bach zu einem kleinen Teich erweitert. Das Wasser aber, wie es um diese Zeit zu sein pflegt, war so klar, daß ich am tiefen Grunde das Wurzelgeflecht der Teichrosen und die daran keimenden Blätter gar leicht erkennen und also Gottes Weisheit auch in diesen kleinen Dingen bewundern mochte, so für gewöhnlich unserem Aug verborgen sind.

Da wurd ich jählings aufgeschrecket, und auch die Vögel, die eben ihren durch meine Ankunft gestöreten Gesang aufs neue anhuben, rauschten auf und flogen fort; denn von jenseit des Baches kam ein Geschrei: Hoido! hoido!, und war es, als wie bei der Kloppjagd die Bauerkerle den Hirsch zu jagen pflegen. Da ich aber den Kopf wandte, sahe ich drüben aus den Tannen einen Haufen junger Knechte hervorbrechen. »Schwimmen! Schwimmen!« schrien sie. »Ins Wasser mit der Hex!« Und jetzt erst gewahrte ich unter ihnen ein Frauenbild, das gescheuchet vor dem einen und dem anderen floh und nach dem Stege zu entkommen suchte. Aber einer von den Burschen sprang voran dahin und versperrete ihr so den Weg. Ich kannte ihn wohl, von Zeit der großen Hochzeit schon; denn es war der Sohn des Bauervogten; und das Wild, so hier gejaget wurde, war Renate.

Nun kam ich eilends auf die Füße, lief zu dem Steg hinab und rief hinüber: »Ihr dort, was wollet ihr beginnen?«

Da schrien sie hinwieder: »Die Hex! Die Hex!«

Ich aber frug sie: »Wollet ihr richten? Wer hat zu Richtern euch bestellt?«

Und als sie hierauf schwiegen, trat einer aus dem Haufen und sprach: »Das Brennholz ist theuer worden; die Unholden laufen frei herum, und der Amtmann und der Landvogt fassen sie nicht an.« Und alle schrien wieder: »Hoido! hoido! Ins Wasser mit der Hex!«

Da setzete ich meinen Fuß auf den Steg und rief: »Rühret sie nicht an! Im Namen Gottes, ich gebiete es euch!«

Aber der Bursche, welcher auf dem Stege war, drängte mich zurück. »Ihr trotzet auf Euer Priesterkleid!« sprach er. »Ihr würdet sonst die großen Worte sparen; ich rath Euch, thut das nicht zu sicher!« Und dabei stund er vor mir mit gekniffenen Fäusten, und unter seinem Kraushaar funkelten die kleinen Augen.

Da überkam es mich, und ich lösete mein geistlich Gewand und warf es von mir auf den Boden; denn das junge Blut war damals noch in meinen Adern. Und als ich einen Blick nach drüben that, sahe ich, daß einer von den Burschen Renaten gefaßt hatte und ihr die Hände über ihren Rücken hielt; ihre Augen aber ruheten auf mir und waren wie leuchtend in dem blassen Angesicht.

»Gib Raum!« schrie ich und packte den Burschen mit meinen beiden Fäusten; und ich bin mir heut noch wohl bewußt, in den tiefsten Abgrund hätt ich ihn gestürzet, so ich das vermocht und solcher unter uns gewesen wäre.

Einen Augenblick wurd eine Todtenstille; denn er hatte auch mich ergriffen, und wir stunden wie in Erz gegossen an einander. Da gewahrete ich, daß sie Renaten an den Bach hinabzuzerren strebten; und ohne Laut zu geben, rang ich mit meinem Feinde, Knie an Knie und Aug in Auge. »Geduld, du Hexenpriester!« schrie er mit heiserer Stimme. »Erst soll sie schwimmen, eh sie der Teufel dir ins Brautbett leget!«

Ein laut Gelächter und Hoido von drüben scholl als Antwort; vergebens suchte ich Renaten zu erblicken. Aber schon hatte ich den Burschen auf den Steg zurückgedrängt und griff nach seinem Hals, um ihn hinabzuwerfen, da empfing ich selber einen Stoß auf meine Brust, und mit einem Schrei, der mir unwillens von dem jähen Schmerz entfuhr, sank ich zu Boden.

Es mochte ein Schrecken dadurch in die ganze Schaar gefallen sein; denn ich fühlte nicht, daß eine fremde Hand noch an mir sei, und hörte, wie jenseit des Wassers der Trupp von dannen zog.

Als ich aber mich mühselig aufgerichtet hatte, da schlangen zwei Weiberarme sich um meinen Hals, und die Stimme, welche ich niemalen hab vergessen können, sprach leise meinen Namen: »Josias, ach, Josias!« Und da ich mit der Hand des Mädchens Haar zurückstrich, so ihr wirr auf Stirn und Augen fiel, da sahe ich um ihren Mund, was ich noch itzt ein selig Lächeln nennen muß, und ihr Antlitz erschien mir in unsäglicher Schönheit.

»Renate!« rief ich leise, und meine Augen hingen in sehnsüchtiger Begier an ihren Lippen.

Sie regeten sich noch einmal, als wollten sie mir Antwort geben; aber ich lauschte vergebens; des Mädchens Arme sanken von meinem Halse, ein Zittern flog um ihren Mund, und ihre Augen schlossen sich.

Ich starrte angstvoll auf sie hin und wußte nicht, was ich beginnen sollte. Als ich aber auf dem schönen Antlitz das Leben also in den Tod vergehen sahe, wurd mir mit einem Male, als blickten meine Augen weithin über den Rand der Erde, und vor meinen Ohren hörte ich meines sterbenden Vaters Stimme: »Vergiß nicht unseres heiligen Berufes! Das Irdische ist eitel!«

Und da ich noch die ohnmächtige Gestalt in meinen Armen hielt, gewahrete ich, daß unser Nachbar, der Schmied Held Carstens, mit seinem Weibe von diesseits des Weges dahergegangen kam. Da erzählete ich ihnen, wie von den jungen Knechten das Mädchen sei geschrecket worden, und bat, daß sie sich um sie annehmen möchten; denn es sei eine andre Pflicht, so mich von hinnen rufe.

Der Schmied aber trat nur zögernd näher; und auf die Ohnmächtige hinblickend, sprach er: »Die da? Nun, wenn Ihr es heischet, Herr Josias?«

Da bat ich abermalen; und itzt kam auch das Weib heran, welches als gar verständig im ganzen Dorf berufen ist. Als ich dann aber des Mädchens Leib aus meinen Armen in die ihren sinken ließ, durchstach mir ein jäher Schmerz die Brust, daß nicht viel fehlete, es hätte mich aufs neu dahingeworfen.

Und so, zwiefach verwundet, ging ich heim und sahe nicht mehr hinter mich zurück. Aber in meines Vaters Sterbekammer hab ich an diesem Abend lang inbrünstiglich gebetet.

Was meine liebe Mutter auch dagegen reden mochte, und obschon die Nachfolge in meines Vaters Amte mir so gut wie zugesaget war, ich wußte doch, daß meines Bleibens nicht mehr hier am Orte sei. Und so reisete ich schon andern Tags nach Schleswig, um mich nach einem andern Amte umzusehen. Aber dort angekommen, befiel mich eine Schwäche, daß meine Mutter zu meinem Krankenbett herbeigeholet werden mußte. Und als dann eines Nachts gar ein Blutstrom aus meinem Mund hervorbrach, da schrie sie laut, daß sie anitzo auch ihr einzig Kind dahingeben müsse.

Aber ich genas mit Gottes Hülfe, erhielt auch ein geistlich Amt im Norden unseres Landes, von Schwabstedte viele Meilen fern, und dienete noch über zwanzig Jahre dieser Gemeinde mit redlichem Willen und nach meinen besten Kräften. Ich begrub dort meine liebe Mutter und beweinete sie sehr; nach ihrem Tode hatte ich keine, in der die Liebe so sichtbarlich an meiner Seite ging.

Von Renaten hörete ich noch einige Male; zunächst und bald nach meinem Fortgange, daß sie derzeit über das Wasser und auf den Blättern der Teichrosen, welche sie getragen hätten, zu mir hingelaufen sei. Ich aber weiß von solchem nichts; müßte auch ein Gaukelwerk des argen Geistes gewesen sein, maßen ich ja selbst die Mummelblätter unter dem Kristall des Wassers noch in ihren Hüllen hatte liegen sehen.

Dann, wohl fünf Jahre später, von einem Manne, der mit Binsenmatten durch das Land ging, wurde mir erzählt, daß eines Abends ein mächtig großer schwarzer Hund auf ihren Hof gekommen sei, beschmutzt und abgemagert und mit einem abgerissenen Strick an seinem Halse. Da sei sie zu ihm hingekniet und habe mit beiden Armen das alte Thier umfangen und seinen rauhen Kopf an ihre Brust gezogen.

Ob sie noch itzt auf dieser Erde ist, ob Gott sich ihrer schon barmherzig angenommen, darüber ist mir keine Kunde mehr geworden.

*

Soweit die Handschrift.

Aber der Zufall, der uns vergönnt hat, das Bahrtuch über einem verschollenen Menschenleben aufzuheben, lüpft es noch einmal; wenn auch weniger, als manche, die dies lesen, wünschen mögen.

Die zu Anfang der Erzählung erwähnte Schatulle auf dem Boden unseres alten Erbhauses ward eine tönende Vergangenheit, sobald man Mut und Geduld hatte, den Staub in ihrem Innern aufzuregen. Ich hatte das nicht immer. Aber ein paar Jahre nach dem Funde unserer Handschrift, an einem herbstlichen Sonntagnachmittage, saß ich doch wieder einmal vor ihren eingeklemmten Schubfächern und zog, oft mühsam, eines um das andere auf. Papiere über Papiere; und fast überall jene anheimelnde leserliche Schrift des vorigen Jahrhunderts. Von vielen Päckchen hatte ich schon die Bindfäden aufgelöst und sie, nachdem ich dies und das darin gelesen, wiederum zu ihrer Ruh gelegt. Da kam ich an eines, welches allerlei Papiere über die Erbschaft eines alten Predigers in Ostenfeld enthielt; ein Bruder meines Urgroßvaters, wie ich aus beiliegenden, an ihn gerichteten Briefen sah, hatte sich dieser Angelegenheit für eine in Husum wohnende Predigerwitwe angenommen. Und bald nahm ein ungewöhnlich langes Schreiben, datiert von 1778 aus einem ostschleswigschen Dorfe und unterschrieben »Jensen, past.«, meine ganze Aufmerksamkeit in Anspruch; denn es war augenscheinlich der Begleitbrief, mit dem einst das Manuskript des Pastors Josias, allerdings sub pet. rem., an meinen Urgroßonkel übersandt war.

Die ersten Seiten beschäftigten sich unter Beifügung eines sauber ausgeführten Stammbaumes nur mit den Erbverhältnissen jenes Ostenfelder Pastors; wie bald ersichtlich, des Vetters unseres Josias, in dessen Hause er das Gedächtnis seines Jugendlebens niederschrieb. Dann aber hieß es weiter:

Unseres von Dir erwähnten Schülerbesuches bei meinen Junggesellen-Onkeln in dem Ostenfelder Pastorate entsinne ich mich gar wohl; und daß Du den Onkel Josias in so warmer Affection behalten, hat mir insonders wohlgethan; die Fragen aber, die Du über ihn gestellet, wirst Du in dessen hier angeschlossener eigener Handschrift insgesamt beantwortet finden.

In Wahrheit, es waren zwei recht verschiedene Menschen, der Herr Josias mit seinem Johanneskopfe und der derbe aufbrausende pastor loci. Oftmals in meiner eigenen Amtsthätigkeit habe ich des ersten Sonntages dort gedenken müssen; Du kamest erst des Abends zu uns, ich aber saß schon vormittages an Onkel Josias' Seite in der Kirche. Noch sehe ich unter den Abendmahlsgästen die leidtragenden Frauen vor dem Altare, welche nach damaliger Sitte bis über das Kinn in schwarze Decken eingehüllt waren; und wie der Onkel Pastor der einen mit den durch die ganze Kirche hin vernehmlichen Worten »Weg, weg damit!« die Decken voll Ungeduld zur Seite riß, indeß er mit der anderen Hand den Kelch emporhielt. Onkel Josias aber schüttelte still den Kopf und lehnte mit einem Lächeln sich in seinen Stuhl zurück. Gleichwohl, wie ich später beobachtet, da ich den letzten Sommer vor dem großen Examen dort meine Repetitionen machte, lebten die beiden Verwandten in guter Eintracht mit einander. Beide waren Männer, die, wie man sagt, das Ihrige gelernet hatten und dies nicht in Vergessenheit gerathen lassen wollten. Sie unterhielten sich oft über gelehrte Gegenstände und disputirten dann, auch wohl lateinisch, mit einander.

In einem Punkte aber stimmten sie völlig überein; sie beide glaubten noch an Teufelsbündnisse und an Schwarze Kunst und erachteten solch thörichten Wahn für einen nothwendigen Theil des orthodoxen Christenglaubens. Der Ostenfelder Pastor that dieses im zornigen Bewußtsein eines wohl gerüsteten Kämpfers, der Onkel Josias dagegen, zu dessen zarter Gemüthsbeschaffenheit dieser wilde Glaube gar übel paßte, schien selbigen mir gleich einer Last zu tragen. Deshalb suchte ich oft, wenn wir alleine waren, mit Gründen aus der Heiligen Schrift wie aus der menschlichen Vernunft ihm solches auszureden; allein mit allem seinem Scharfsinn, wenn gleich als wie in schmerzlicher Ergebung, vertheidigte er die gottlose Macht des Erzfeindes.

Als der Sommer zu Ende ging, wurde für seine Gesundheit die strengste Vorsicht nöthig; er durfte sonntags die Kirche nicht mehr besuchen, kaum noch das Haus verlassen; aber seine milde Freundlichkeit und seine, ich möchte sagen, schwermuthsvolle Heiterkeit blieben sich auch dann noch gleich.

Da war es kurz vor meiner Abreise an einem Morgen im October; der erste Reif war gefallen und eine frische Klarheit durch die Luft verbreitet. Ich wandelte im Garten auf und ab und sah dabei bisweilen in die Zeitung, welche der Stadtbote mir soeben durch den Zaun gereicht hatte. Als ich nun las, daß der einst vielberühmte, aber seit lange seines Amtes wegen Simonie entsetzte Petrus Goldschmidt als ein Schenkenwirth bei Hamburg das Zeitliche gesegnet habe, eilete ich ins Haus und dachte, nicht ohne eine kleine Schadenfreude, solches dem Onkel Josias zu verkünden.

Als ich zu ihm eintrat, war mir, als sei auch in dieses sonst etwas dunkle Zimmer der schöne lichte Morgen eingedrungen; denn trotz des brennenden Ofenfeuers standen beide

Fensterflügel offen, und der Schall von den benachbarten Dreschtennen und von hellen Kinderstimmen hatte freien Eingang.

Aber zu meiner beabsichtigten Mittheilung kam ich nicht.

Feierlich, mit strahlendem Antlitz, trat Herr Josias mir entgegen. »Mein Andreas«, rief er, »wir werden fürder nicht mehr disputiren; ich weiß es itzt in diesem Augenblick: der Teufel ist nur ein im Abgrund liegender unmächtiger Geist!«

Indeß ich vor Erstaunen schier verstummte, gewahrte ich das Buch des Thomasius von dem Laster der Zauberei auf seinem Tische aufgeschlagen. Ich hatte es nach unserer letzten Disputation dort heimlich hingelegt und frug nun, ob ihm daraus die heilvolle Erkenntniß zugekommen.

Aber Herr Josias schüttelte den Kopf. »Nein«, sprach er, »nicht aus jenem guten Buch; es hat das Licht sich plötzlich in mein Herz ergossen. Ich denke so, Andreas: die Schatten des Todes wachsen immer höher; da will der Allbarmherzige die anderen Schatten von mir nehmen.«

Seine Augen leuchteten wie in überirdischer Verklärung; er wandte sich gegen das Licht und breitete die Arme aus.

»O Gott der Gnaden«, rief er, »aus meiner Jugend tritt ein Engel auf mich zu; verwirf mich nicht ob meiner finsteren Schuld!«

Ich wollte ihn stützen, denn er wurde todtenbleich, und mir war, als sähe ich ihn wanken; er aber lächelte und sprach: »Ich bin nicht schwach in diesem Augenblick.«

Dann ging er an seinen Schrank und reichte mir daraus dasselbe manuscriptum, welches Du mit diesem Brief empfängst.

»Nimm es, mein Andreas«, sagte er, »und bewahre es zu meinem Gedächtniß; ich bedarf desselbigen nun nicht mehr.«

Kurz darauf reiste ich ab; und was nun folgt, hat mir erst lange nachher der Sohn des dortigen Küsters erzählt, welcher einige Jahre hier im Dorfe Lehrer war.

Noch in dem Monat meiner Abreise nämlich verbreitete sich das Gerücht im Dorfe: wenn sonntags alles in der Kirche und die Straßen leer seien, so stehe ein fahlgraues Pferd, desgleichen man sonst in der Gemeinde nicht gesehen, vor der Pforte des Pastorates angebunden; und bald danach: es komme von Süden her ein Weib über die Heide geritten, die binde ihr Pferd an den Mauerring und geh dann selber in das Pfarrhaus; wenn aber der Pastor und der Strom der Gemeinde aus der Kirche heimkomme, dann sei sie jedesmal schon wieder fortgeritten.

Daß dieses Weib den Herrn Josias besuche, war unschwer zu errathen; denn um solche Stunde weilte niemand außer ihm im Hause. Dabei aber ereignete sich gar Sonderliches; denn obschon sie unzweifelhaft schon in älteren Jahren gestanden, so ist doch von etlichen, welche sie gesehen haben, dawider gestritten und behauptet worden, daß sie noch jung, von anderen, daß sie auch schön gewesen sei; wenn man aber des Näheren nachgefragt, so hatten sie nichts wahrgenommen als zwei dunkle Augen, aus denen das Weib sie im Vorüberreiten angeblicket.

Im ganzen Dorfe ist nur ein einziger gewesen, der von diesen Dingen nichts erfahren hat, und zwar der Pastor selber, denn alle haben des Mannes aufflammende Heftigkeit gefürchtet, und alle haben den Onkel Josias lieb gehabt.

Aber eines Sonntages, da es wieder Frühling worden und die Veilchen in den Gärten schon geblüht haben, ist die Heidefrau auch wieder da gewesen; und auch diesmal, da der Pastor aus der Kirche heimgekommen, hat er weder sie noch ihren Gaul gesehen; es ist wie immer alles still und einsam gewesen, da er seinen Hof und dann sein Haus, betreten hat. Und da er, wie er itzo nach der Kirche pflegte, in seines Verwandten Zimmer ging, war es auch dort sehr still. Die Fenster standen offen, so daß von draußen aus dem Garten die Frühlingsdüfte den ganzen Raum erfüllet hatten, und der Eintretende sah Herrn Josias in seinem großen Lehnstuhl sitzen; doch, was ihn wundernahm, ein kleiner Vogel saß furchtlos auf einer seiner Hände, die er vor sich auf dem Schoß gefaltet hatte. Aber der Vogel flog fort und in die freie Himmelsluft hinaus, als der Pastor itzt mit seinem schweren Schritt herankam und sich über den Lehnstuhl beugete.

Herr Josias saß noch immer unbeweglich, und sein Angesicht war voller Frieden; nur war derselbe nicht von dieser Welt.

Nun aber hat es bald ein laut Gerücht im Dorf gegeben, und auch dem Onkel Pastor haben alle es erzählt, von denen er es hat hören wollen; man wisse nun, die Hexe von Schwabstedte sei es gewesen, die auf ihrem Roß allsonntags in das Dorf gekommen; ja derer etliche hatten sichere Kunde, daß sie, unter Vorspiegelung trügerischer Heilkunst, dem armen Herrn Josias das Leben abgewonnen habe.

Wir aber, wenn Du alles nun gelesen, Du und ich, wir wissen besser, was sie war, die seinen letzten Hauch ihm von den Lippen nahm.